脱缰之马

朱岳 著

北京联合出版公司

下面这个例子见于1934年3月19日的《时报》。据报道说，此人曾三次遭雷击，被活埋在煤矿井下过，又被炮弹炸上天，失去了一只手臂和一只眼睛，后来又被活埋在两吨重的泥土下。"此后，他曾从三十英尺的悬崖上坠下，尔后又从马背上坠下，被马从铁丝网上拖过。他曾从高速滑行的雪车上摔下，跌破了头骨。他八十岁那年两次患肺炎而痊愈。八十一岁那年因中风而卧床。八十二岁时被一辆马车从身上碾过。八十三岁时被一辆汽车从身上碾过。"同年他在冰上滑倒摔断了股骨！

——卡尔·门林格尔，《人对抗自己》

目　录

001　六　耳
011　钱
019　离　乡
029　约侬·列翰
041　心
049　弱　者
059　传　声
069　注血鬼
075　狮　面
081　石头与蝙蝠
089　耳　语
093　时　骸

103　脱缰之马
111　石　庭
113　圣路易斯
121　防　线
129　死亡之墙
137　旅行史
151　感伤之旅
159　潜水员
165　想　象
173　鉴赏家
185　雅努斯
195　跳

六　耳

起初困扰我们的是缭绕不散的雾。在南方安顿下来以后,才见识了雾的威力,这白色的幽灵从早到晚在屋外游移,浓重时,景物皆遭吞没。推开玻璃窗,雾会飘过窗前细滑的瓷器,在室内漫溢开来。

不知是长久浸泡在湿气中,还是沉溺于深度的静默使然,我的身体如受潮的木头般起了变化——我长出了两对新耳朵,分别位于左右肩头和左右手背。

妻子出差回来,看到我的新耳朵,惊叫起来:

"这是什么东西啊?"

(肩耳:"夜已经深了。")

(手耳:"一头熊在冬眠。")

"别担心,只是耳朵,不疼不痒。很好玩。"

"我看看。"

（肩耳："狗叫了。"）

（手耳："车坏了。"）

她仔细观察新耳朵，将它们揪来扯去，还把眼睛凑近耳孔，用手电向内探照。

"不会是什么肿瘤吧？"

（肩耳："走来一个女人。"）

（手耳："月光洒在屋顶上。"）

"明明就是耳朵。不仅外形是耳朵，还可以听到声音。"

"什么？"

（肩耳："忽然！"）

（手耳："在哪儿？"）

"我已经反复试验过。我自己的说话声，在这两对新耳朵听来是一阵沙沙沙的声音，就像背景音。但别人对我说话的时候，就可以听到三种声音，你说一句话，我可以同时听到三句话，这三句话的长度相近。但除了说话声，其他声音，非语言的声音，像虫鸣、雷声、雨声、汽车喇叭叫，只会伴有轻微的回响。歌声比较特殊——曲子会有回声，歌词却有三种。"

"你没骗我吧？"

（肩耳："伸出纤细的手。"）

（手耳："取出一把枪。"）

"骗你干吗，比如你刚说的这句，肩耳听到的是：'伸出纤细的手。'手耳听到的是:'取出一把枪。'"

"好像什么恐怖故事。"

(肩耳:"门被风吹得啪啪响。")

(手耳:"火车站的钟声响了。")

这话唤醒了我的记忆。十多年前,我曾致力于写作,还出版过一本短篇小说集。后来,因为患上神经疲劳综合征,才不得已放弃。患疲劳综合征的那段时间,总是对自己写出的东西不满意,同时有一种妄想:每当我写出一篇糟糕的小说,某个人就会写出一篇出色的小说,但是这个人从不发表,只是微微一笑,然后默默将它隐藏起来。要是我能写出一篇好小说,这个人就会写出一篇劣作,但他不会介意,而是微笑着将劣作删掉。这个幻影不断折磨我,以至将我耗损殆尽。

妻子不再问什么,似乎接受了我长出新耳朵的现实。我们像往日一样,走出屋子,步入浓雾,去湖边散步,漫长的散步。我们定居此地,大半是为了那座雾中的湖泊,为它幽静、迷幻的美。

在路上,妻子讲起出差时的遭遇,一口气说了好多。

"每次去C市,我都路过一座高山,从山脚下能看到山上有座大庙,我总想去看看,但每回都抽不出时间。后来,在梦里,我又去了好多次,但和现实里一样,老是有什么原因让我没法上山,不是被卖票的人拦着,就是忽然接到电话让我赶紧折返。这次我想,说什么我也得上去。赶到的时候已经有点晚了,太阳快落山了,我没有退缩,一鼓作气爬了上去。寺院大门敞开着,看不到人,像做梦一样,我往里走,穿过一座座大殿,没有时间拜佛。等我走进最末一座大殿,发觉灯火全熄了,黑幽幽的,殿中央有一尊异常巨大的佛像,有十几层楼那么高,伫立在黑暗中。这时候,从佛像后转出两个人,他们朝我走过来,还没靠近我就有一股无形的力量把我往后推,我退出了大殿,他们也走出来,其中一个回过身,轻轻掩上殿门。'下班了。'另一个说。原来是这里的工作人员。"

(肩耳:"每天上下班都要走很远一段路,来回要走八个小时,只能步行,因为这里荒凉到根本不通车。但是,公司的待遇非常好,办公环境舒适,工作没压力,主要是整理咨询卡片,择取重要的录入电脑。办公楼三层有一个自助餐厅,能随时去吃东西,喝各种饮品。从办公室的窗口,可以眺望纯自然的风光,这是一片广漠的荒野。同事都住在公司宿舍,就在办公楼的后面,但我没这么幸运,我来的时候,宿舍刚好住满。公司专门为我安排了住处,是距此最近的一处可以住人的地方,但还是太远了。野地坑坑洼洼,没有一条像样的路,无法开车或骑车,只能步行。下午五点下班,我就换上旅游鞋上路了。要走到天完全黑下来,大约九点,才能回到我的那座石头房子。早上五点,我就得爬起来往公司走,因为公司九点开工,指纹打卡。奇怪的是那片我每天两次经过的墓地。")

(手耳:"女预言家听到一个故事的开头,就能预言结尾。此时,她开始劝诱男子说出那个故事的开头,看她能不能猜中结尾。出于对她的好感,他说了,故事的开头是这样的:'从前,有一个男人和一个女人。'过了几秒钟,她说出了故事的结尾:'最后,他们都死了。'她问对不对,他说一点没错。完整的故事是这样的:从前有一个男人和一个女人。他们相爱了,结婚了,一起生活了几十年。后来,男人死了,又过了几年,女人也死了。'这故事太简单了,简直算不上故事。故事需要悬念、冲突、转折、危机、高潮、余韵,需要矛盾、复杂性和更多的维度。'我说。'我不这么想,这个故事没什么不好,因为,怎么说呢,除了它本身,它什么也不需要。'女预言家说。围绕故事的话题告一段落,我们三个又将目光投向那头老虎,它仍然在睡觉,连姿势都未见一丁点变化。")

"在山上的时候,我就有种预感,我再也不会梦到它了。"

(肩耳:"那个韩国人每天从下午三点睡到转天上午九点。")

(手耳:"阴影下的每一座墓碑都像是一所缩小的住宅。")

越接近湖,雾越浓稠,来到湖边时,我们相隔不到一米,却已看不清对方。实际上我们也看不清湖面,这座湖正是雾的源头,我们所见的仅是雾的诞生。一团团浓雾升起,徐徐滚动,裹住我们。我们坐在湖边圆石上,脚边趴伏着被漂白的树木根须,一派混沌的宁静。我的六只耳朵得到了休息。但我的脑海中仍在回荡着妻子方才的话,以及这些话的变体。这让我产生一个想法。为了不打破宁静,我将之按在心底,回到我们的屋子,才把它讲出来。

"我又可以开始写小说了。"我说。

"你本来就可以,只是你不想写。"妻子说。

(肩耳:"起风了,这回是秋天的风。")

(手耳:"在楼道拐角处,有个人影。")

"不是,之前我是真的没法再写了,心力已经枯竭了。但今天我想到一个方法,可以利用新长的耳朵来写。你听我说,我不是写过一本小说集吗,你来念我的小说,我的新耳朵会听到不同的东西,我把它们记下来,这些东西有可能构成新的小说,明白吗?"

"这叫什么方法?"

(肩耳:"那是人的声音?")

(手耳:"你心里有鬼吧?")

"我想试试。"

"这不是投机取巧吗?"

(肩耳:"那个德国人叫施密特?")

(手耳:"船舱里可以看电视?")

"不是投机取巧,是新的耳朵带来了新的可能。"

"总觉得像作弊。"

(肩耳:"台风快登陆了。")

(手耳:"那个女人真美。")

她虽这么说,还是忍不住好奇,俯下身从床下拉出一只收纳箱,掀开盖,翻找了一通,取出一本我的小说集。那是我送给她的礼物,当时我们还是好朋友的关系。我接过书,看了看,书封由于曾经浸水,已经皱巴巴的。翻开扉页,上面写着:"送给我的挚友B",下面标记的日期是十五年前的某天。

"来,开始念吧。"我把书递回给她。

"你想没想过,可能你听到的是另一个人的小说,像什么你从没读过的莫泊桑的小说,你把它记下来,然后发表,人家会说你抄袭。"

(肩耳:"经过那片墓地时,总会犯困,尤其是冬天的夜晚,我总要在地上躺一会儿,这时似梦似真地,会听到地下有个人在小声说话。")

(手耳:"他们领悟到,形势正在向着对他们有利的方向发展,于是开始囤积物资,当'威尔逊号'抵达港口时,他们立即拉响了警报。")

"自己听自己的小说,再写出新小说,无论如何不能叫'抄袭'吧?连自我抄袭都算不上。而且所有小说本来就大同小异,所以才都叫'小说',不能太较真。"说完,我打开笔记本电脑。

妻子似乎仍有疑虑,但已捧起书来,准备开始。小说集中的第一篇第一句响起来。

"念慢一点。"

妻子一口气念了三篇小说,我把肩耳和手耳听到的分别记录下来。实验结束后,妻子去整理她的旅行箱了,我对着这些陌生的文字陷入了漫长的苦思。

肩耳与手耳之间像有某种配合,它们给出的语句是一些拼图板块,调整顺序,交叉组合之后,一篇篇新小说便浮现出来。我伏案工作到凌晨,搞出了六篇新小说,而且质量都还不错。这样的速度在从前是不可想象的,在我的巅峰时期,写六篇小说也需要半年时间。

这时我隐隐感到那个影子对手耸耸肩膀,露出苦笑,徐徐缩小、黯淡,终而消失了。

趁着妻子还有三天假期,我让她把那本小说集中余下的作品,三十一篇,全部读了一遍。一个月后,我得到了六十二篇新作。这只是个开始,接下来,我会让妻子读这六十二篇小说,之后我将得到一百二十四篇新作,如此以至生命尽头。

我提醒自己稳住,一步步来,我选出了二十四篇小说,结成一个集子,发给一位做文学出版的老友。在信中,我告诉他,这部小说集是我多年来暗中坚持创作的结晶。很快,我收到了他热情的回信,他表示一定促成书的出版。

推开窗,雾漫进来,凝望窗外,一片白色,我倏地产生一种幻觉:我的身上,包括六只耳朵上,冒出了无数小小的耳朵,淡粉色、密密麻麻,像一层疹子。与此同步,从我的记忆深处涌出众多面孔:亲人、老师、同学、同事、推销员、导游、路人……他们又将自身记忆深处的面孔召唤过来,挤到我面前,之后一齐开口向我滔滔不绝地说起来,每一句话又被无数的耳朵转化为无数句话。

不到十秒钟,我就被这充满话语的白日梦魇击溃了。我捂住头部两侧的耳朵,疾步走出屋子,一口气跑到湖边。驻足喘息着,滚滚白雾淹没了我。在一派死寂中,渐渐地,我恢复了平静。

钱

十五岁那年，我躁动不安，在课堂上总忍不住要捣乱，有几次被老师咆哮着赶出教室，干脆跑出学校去玩。后来开始旷课，老师和同学越来越像陌生人了。

现在我还会梦到父亲为此训斥我的情景，我站在他书房门外听他责骂，房门半开着，父亲站在写字台前，背对我，灯光昏黄，影子在墙上微微晃动。我注视着那个高大的黑影，默默听着。不知为什么，在梦中我会觉得那灯光很温暖。有时他会陷入沉默，他的沉默比责骂更让人难挨。

深冬的一天，风特别大，我逃学在外游荡，从早上到下午，直到冻得受不了才往家走。在楼门口，我遇到了父亲。他拎着一只棕色手提箱，站在风里。"你跟我过来。"他招呼我走到一个僻静的地方。

"小宝，我已经把咱家房子卖了。房子里的东西也都处理了。这是卖房的钱,我全留给你。我没把钱存进银行,是想让你把它装在脑子里。你不想上学,也不用再去了。"说完,他把手提箱递给我。我不敢接。他拉过我的手,把提箱把手硬塞在我手里。真沉。

"照顾好自己。"他说。

"那你呢?"我疑惑地看着他。

"你不用管我。"说完,他一转身,快步离开了。

拎着这只沉重的箱子,我不知如何是好,发了会儿呆,决定先找个地方坐下来好好想一想。

我来到公园里,从我家阳台就可以俯瞰这座公园,我对它很熟悉,我找到一张长椅坐下,把提箱放在身边,一只手压在上面。眼前是一座冻结的湖,狂风正从冰面横扫而过。公园像一个封闭、静止的空间,很多年过去,不会有一丁点变化。我想起妈妈还在的时候,我们一家三口经常在这里玩。记忆中我总是在跑,在我爸妈的身前身后跑,有时会和他们拉开一小段距离,当他们喊我,我就朝他们跑去,像一只小狗,他们总在对我笑,那是一些快乐的日子。

天渐渐暗下来,公园空了。我被冻成了冰棍。还好我终于想好了接下去该怎么办。我站起来,把手提箱打开一道缝,朝里面看了一下,一沓沓的钱塞得满满当当。我从中抽出一沓,揣进羽绒服的内兜,拉上拉链,然后将搭扣重新扣好。

天黑之前，我住进了紧临公园的一家小旅馆。几天以后，我租到一处半地下的居室，距离我家不到两站地。这个新住处让我觉得安全，关上门，拉上窗帘，便与外界隔绝开来。

我知道每沓钱是一百张一百元，但始终没去数提箱里总共有多少沓钱。箱子平时就塞在床底下。

白天我仍旧在外游荡，兜里揣着很多钱，但并没有挥霍的冲动，晚上我回到住处，早早上床睡觉，甚至比父亲离开前老实了许多，只是再没去过学校。

我舍不得花这些钱，我还在幻想，父亲会后悔，会回来找我，然后把我们的房子买回来。

春天来了，父亲杳无音信。雨水淅淅沥沥，湿润的气息渗入体内，我再也待不住了。我决定去看看大海，长长见识。我买来旅行背包，从提箱里掏出一小半钱塞进去，便出发了。

长途车坐了一天一夜，来到一座海滨城市，跳下车，就闻到了海的气息。

我径直朝海走去，半小时后便踏上了沙滩。晨雾未散，只有几个捡拾贝壳的人走过，前方是灰蒙蒙的海面。我从肩头卸下旅行包，双手抱膝坐在湿冷的沙地上，忘却了时间。

"一个人看海呢？"

我惊醒过来，回头看，是两个女孩站在我身后。

"和我们一起玩吧。"

"啊?"

"一个人多没意思。"

"你们是从海里出来的?"

"是啊,我们是海妖。"

跟我说话的这个女孩叫S,很活泼,气质像男生。另一个很内向,沉默寡言,叫Y。S看上去比我大两三岁,Y跟我差不多大,那以后我们三个就在一起了。我问过S为什么会找上我,她说我浑身散发着钱的味道。

"钱是什么味道?"

"说不清楚,像是热带空气里那种甜甜的味道吧。"

我在临海的一家酒店租下一个宽敞的套间,站在阳台上可以远眺大海。我们每天都喝得醉醺醺的,然后一起去最高档的餐厅吃饭,去商场购物,看五花八门的演出,乘游艇出海,直到筋疲力尽。

在S的央求下,我给她买了一辆很漂亮的小轿车,她带着我们到处转,车子开得飞快。从那时起一切都开始加速,浓密的行道树、变幻的路标、悠长的海岸、缥缈的云、孤零零的度假小屋、耀眼的光、咸涩的海风、一处处突兀的弯道……日子便这样过去了。

天渐渐变热,我领略了两个女孩最美的样子。她们喜欢泡在海里,我不会游泳,也不想学,独自坐在滚烫的沙地上,看她们跟其他男人嬉戏。我没有一丝不安。我相信海滩上只有我带着浓重的钱味。

一天晚上，S独自开车出去，结果出了事故。为了躲一条猛然蹿出的狗，车子冲下山坡，撞在一棵树上，车子报废，而她竟毫发无损。

一周之后，S要我陪她喝酒。她说她很喜欢我，不只是因为我身上有钱的味道，还有别的。什么呢？她答不出来。她的目光迷离，眼睛很美。然后她开始要我再给她买一辆新车，她已经选好了车型。我答应了，她很高兴，又开始喝酒，喝着喝着忽然晕倒了。

我和Y把S送进了医院，医生只说病人情况很危险，却说不出病因。他们问我能不能负担医疗费？我说我可以。

接下去的一个月，我把旅行包里剩余的一沓沓钱陆续交给了医院。S却一直没有醒过来。钱交光后，我和Y像犯了罪一般连夜逃回了我的城市。

我把Y带到了那个半地下的居所。当她得知我还有许多钱时，表现得很惊讶，但并没说什么。我和她之间似乎有一种默契。

我们过起了昏天黑地的日子。海滨的情景像一场梦，Y是我从梦里带回的女孩，那时她几乎一言不发，现在终于开始说话了。

有一次，她问我有没有想象过这样的场景：世界上所有的人都消失了，只剩下自己一个人，走到街上，想干什么就干什么？

"经常这么想。"

"那你心里其实希望所有人都死掉，只有你一个人活下来享受这个世界。"

"那倒不是。"

"就是这样。"

"你没这么想过吗？你肯定也这么想过，所以才会问我。我猜每个人都这么想象过。"

"是想过，但我经常想的不是这个，我想的是，我死了，消失了，但其他人都还在，大街上人来人往，熙熙攘攘，大家既没活得更好，也没活得更糟。他们就那么活下去。那个世界上没有我。"

我们只在迫不得已时才外出，主要是去买生活必需品，每次都是大采购，然后运回幽暗的洞穴，储藏起来，至少可以享用一周时间。后来，我们每周日下午会去街角的影院看一场电影，这是Y要求的，她说不这样做会完全失去时间感。

一个周日，Y病倒了，我说留在家里照顾她，我对电影没多大兴趣，但她坚持让我去，她说这是我们的规矩，等我看完，回来要给她讲一遍，不能漏掉任何细节。于是我顶着寒风去了电影院。

我看的是一部新上映的爱情片,非常感人,男女主人公是两个孤苦伶仃的人,克服了种种困难,终于结合在一起。许多观众都看哭了,我也哭了,内心仿佛得到了净化。看完电影往回走的路上,我想到我和Y可能也是相爱的,有一回我从睡梦中哭醒,她曾在黑暗中紧紧地抱住我。

回到住处,房间里漆黑一团,我以为Y在睡觉,走近床边才发觉并没有人。我想她是不是出去了,等了一会儿才反应过来,把床下的手提箱拉出来一看,里面的钱全不见了。我躺倒在床上,抑制不住大笑起来。

就这样,我失去了父亲用我们的家换回来的钱。

我开始追踪Y,她到过许多地方,频繁更换住处,但始终无法逃离我的视线。终于,在一条漆黑的小巷,我逮住了她。我用一条细长结实的绳索从后面勒住她的脖子,两人一同摔倒在地。我使上全身力气将绳索勒紧,坚持了很久,我问她:"你死了吗?""没有。"她说。我吃了一惊,再拼命勒,这一次更久,然后鼓起勇气又问:"你死了吗?""没有。"那声音平静、冰冷……我猛然惊醒,意识到这是一场梦,心脏仍狂跳不止。

一直到弹尽粮绝,我才再次走出洞穴。我在街上游荡,不知不觉又来到我家附近的那座公园。我穿过一片树林,找到湖边那张长椅,长椅下铺满被冰霜啃噬过的碎叶。我坐下来,望着冻结的湖，阵阵冷风从空荡荡的冰面上刮过去。

就要离开公园时，我偶然发现一块告示牌上贴着一张招工启事。我找到公园管理处。他们雇用了我，或者说，收留了我。那以后我就在公园做杂工。我住进了园内一间为职工搭建的平房，吃喝都在园内食堂解决，没有特别的事情要办，我便可以不迈出公园半步。

前不久，我正在湖边干杂活儿，看到不远处的桥上站着个女孩，我觉得不对劲儿，就盯着她。果然，那女孩翻过桥栏杆跳进了湖里。我随即也跳了下去。后来我们都被救上了岸。落水时，我的意识模糊了，记忆中只有哗啦啦破碎的水。

他们都说我跳下水是为了救人，只是水性不够好，事后对我做了表彰，还发给我一笔奖金。我把这笔奖金放在那只棕色手提箱里。我每个月省下的钱也都放在里面，虽然工资微薄，但我的开销也小，现在提箱里的钱已堆成了一座小山。

离　乡

村里的老人常说，我们的村庄就是我们的世界。我无法接受这样的说法，从一开始就感到自己并不属于这座沉眠于山中的村落。我不仅对农事提不起精神，对于邻里间的嫉恨，围绕田产的纷争，谁家的女人偷汉子，谁家的男人有血性，谁家的老人得了什么怪病又是怎样医好的，谁家丢了牲口又是如何寻回的，以及什么乌鸦说人话，孤坟被雷劈开一道口子，婚丧嫁娶过大年，统统没有兴趣。我知道自己终有一日会离开这里。但是，这么多年来，真正走出这山村，走向繁华世界的只有一个人，我从未见过他，仅听过一些语焉不详的传闻，他的名字叫"范大胆"。范大胆离开这里以后，进了城，有过各种奇遇，然后他发了财，去了国外。村里比我年长二三十岁的人常提起范大胆，看得出来，他们对他既敬佩又嫉妒。

很自然，我将这个范大胆当成了楷模。可直到十九岁这年，我仍没有勇气下山闯荡，我仅有初中文化，又无一技之长，也不知道离开山村后能做些什么。这种苦恼变成了对自身的怨愤，我的内心渐趋消沉，对于农活也不再上心，一得空子就偷懒，叼着烟卷，揣着本武侠小说，在山中四处闲荡，结果成了有名的懒汉。在村子里，懒惰被视为一种邪恶，没人愿意接近一个懒汉，仿佛他身上的懒散会传染一样。我很清楚，虽然仍旧住在此地，但我已然滑向了另一条轨道。后来，事情就发生了。

那一天，日头很毒，我躲进了接近山顶的一片树林。这里光线昏暗，凉风习习，十分惬意。我漫无目的地走着，猛然看到一棵树下有个物件在闪光，走近一瞧，竟是一把银灰色的手枪。我把它捡起来，沉甸甸的。我端详着，起初有点害怕，接着便感到爱不释手。我把枪揣在怀里，向树林更深处走去，想找个地方把它藏好。忽然，一个人影从树丛中闪出来，挡住我的去路，从枝叶的空隙投下的光斑在他脸上晃动着。这是个陌生的年轻人，两只眼睛直勾勾地盯着我。

"把枪还我。"那声音低沉而有威严。

"什么枪？"

"你心里明白。"

"我不知道你……"

我还没说完，他已如一头豹子般朝我扑来。我们扭打在一起，这家伙力气大极了，但我也不甘示弱，内心的怨愤化为一股狠劲爆发出来。就这样僵持、挣扎了很久，我的意识变得模糊了，隐约有一声枪响，但也许是幻听，我的耳部被他的拳头击中，眼前升起一团浓重的白雾。

不知过了多久雾才散去，我又看清了眼前的景象——一个五十来岁、高大魁梧的城里人正俯视着我，他衣着洋气，脸上闪着白亮的光。

"睡醒了？"

"刚才那家伙呢？"

"这儿没别人啊，你做梦了。"

"不可能！"我勉强支撑着站起来，"你是谁？"

"范大胆。"

"你是范大胆？！"

"没错，我就是范大胆，是不是听村里人提过？我回来探亲，听说你想离开村子，正好我缺帮手，想找个可靠的老乡，你跟我走吧。"

"跟你走？"

"是啊，不愿意？"

"愿……愿意。"

"那咱们这就出发。你什么也不用带，我找到你之前，已经跟你家里人谈过了，他们说你成天无所事事，也希望你能跟我出去闯闯。"

"那好吧，我这就跟你走。"

于是，我跟着范大胆出了树林，走了很长一段山路，来到盘山公路边。如今回忆起来，等待长途车的那段时间在整个旅程中显得最为漫长，大概是因为那时候我还有机会反悔，不过我没有，我兴高采烈地跟范大胆一起上了车。几小时后，我们抵达了山下的小镇，在那里换了一趟长途车，又过了几小时，我们来到一座小城市，那里有个破败的火车站。那之后，我对时间的流逝便不再敏感了，只记得下雨了，我们坐上了火车，我睡上铺，他睡下铺，列车被雨包裹着在暗夜中行进，我没有睡意，想跟范大胆聊聊天，但他已经打起了呼噜。天亮以后，列车驶入一座大城市，我第一次见到林立的摩天楼，还有一些奇形怪状的巨型建筑物。

下了火车，范大胆领我下到一座庞大的地下停车场，花了很长时间，他才找到自己的车，那是一辆很气派的银灰色轿车。车在拥堵的城市干道上缓慢行驶，我坐在后排座位上，东张西望，车外的一切令我眼花缭乱。但这里还不是我们的目的地，车开上高速公路，远离了繁华市区，四周景色渐渐荒凉了。

"还远吗？"我终于忍不住开口问道。

"说远也不远，说近也不近。"范大胆笑着回答。

车驶离高速路，沿一条蜿蜒小道进入一片旷野。前方出现一排高高的白色铁网栅栏。

"这是我的私人机场。"

"有飞机吗？"

"当然，正等着咱们呢。"

很快，我们登上一架银灰色小型客机。飞机起飞了，我起初有些紧张，后来渐渐放松下来。我茫然望向机窗外，云块堆叠如漫无际涯的白色废墟，下方展现出一片闪光的海。这时，范大胆像是终于松了一口气，开始向我讲述起他的发家史。

范大胆年轻时在山村中的生活经历与我十分相似，下山以后，他做过许多种工作，省吃俭用，攒下一些钱。他用这笔钱换来了一次前往斐济的机会，之后又从斐济去了美国。初到美国，他找不到正经工作，只能在餐馆没日没夜地刷盘子。过了很久，他才拿到绿卡，这时他已经有钱做些小本生意。接下来，他用自己所有的钱买下一块荒地。没过两年这块地就被高价收购，用于修建高速公路，他赚到一大笔钱。他开始关注高科技产品开发，特别是航天技术民用化领域，在这方面的投资，使他的财富成倍增长。十年前，他已经是全美首屈一指的富豪。再后来，也就是过去的十年，他将全部身家投入了听起来如同天方夜谭的太空移民项目，与此同时，他也把自己训练成了一名极为专业的宇航员。

"一开始你是怎么下的决心？"

"你是说？"

"离开山村。我觉得这一步才是最难的。"

"完全是偶然。我杀了一个人，是误杀，我不得不逃跑，这些年来我始终为此感到不安，一直在忏悔。"他面无表情地看着我。

飞机降落在了范大胆的航天基地。此时，我们仿佛已经从各种时空限定中解脱出来，登上太空船这件事，也并未让我觉得有什么戏剧化。随着倒计时的结束，银灰色的太空船在轰隆巨响中冲向太空。

"现在你从一个乡下人变成了一个宇宙人。我要让你见识一下属于我的星球。"范大胆说。

在太空舱中，时间仿佛停滞了，在这种停滞造成的静寂中，船体隐约在飘升。我至今不清楚我们飞了多远，范大胆对此未置一词，但以星际航行的尺度衡量，一定不算很远，印象里，没过多久飞船便开始着陆了。

我们穿上宇航服走出船舱。这是一个灰色的星球，一层淡淡的光笼罩着坑洼不平的地面。我跟在范大胆后面，在厚厚的尘埃中跳跃着向前行进，我感觉自己失去了重量，仿佛封闭在宇航服里的一缕魂魄，像风一样在飘荡。

过了许久，我才望见几座白色的立方体房子蜷伏在荒凉的旷野上。范大胆停住脚步，摘下宇航头盔，转身过来帮我也拿掉头盔。这里像刚下过一场雨，空气清新湿润。我们脱掉宇航服，把它们留在原地，之后向那些房屋走去。

"这是我建的村庄。"

"有住户吗？"

"你是第一个，不过很快我会接很多人过来，包括咱们村的那些人。"

"这不可能，他们不会跟你走。"

"走着瞧。"

他离我很近，话音却像是从很远的地方传来。

范大胆把我带进为我准备的房子。这里陈设简单，布局与我在地球的那个家简直如出一辙。唯一不同的是，屋中有两面书墙。后来我曾多次清点过，那上面总共有一千册书，其中有一百本是武侠小说，另外九百本都是挺严肃的读物。

我们走出房门，绕到屋后，那里有一口井。范大胆告诉我，这个星球的内核本来是冰，现在融化了，按一下按钮，就可以从这口井打上水来。在他离开以后，我才知道这井下的水是多么冰冷。

他又带我去看村庄附近的田地，他说那是由尘埃改造而成的土壤，目前已经播下各种作物的种子，无须辛苦劳作便可收获充足的食粮。

交代完这些，范大胆就向我告辞了，他说要马上起程，去说服其他村民来这里居住。我站在村口，看着他的背影逐渐隐没在一片灰色的光晕中。从那时起，我就独自生活了，如果说无人的生活也能算作一种生活的话。我无法估算时间，只知道那一千本书，每一种我都已读了不下十遍，一开始，阅读是为消愁解闷，后来它们成为帮我回忆或想象世界的工具，石蜡、乳房、白银、船帆、香炉、铁砧、橄榄、云杉、珊瑚礁、海岸线……可是，我在镜中的形象好像从未改变，甚至须发都停止了生长，只有眼珠渐变为冷淡的银灰色。

这座星球并没有自己的太阳，最明亮时，能达到地球上一个阴雨的上午的亮度，之后渐渐减弱，像是有人在一点点调节台灯的旋钮，夜幕缓缓垂落，直至浮动的夜趋于凝滞。这里时常有雨，但雨是包藏在雾里的，在雾中行走，便会迎面撞上嵌在里面的冰凉的水滴。有时，我躺在床上，看着紧贴在窗口的雾，会恍惚听到风声传来，仿佛有人在呜咽，可当我来到户外，会发现并没有起风，即便如此，潮水般的雾还是会散，屋顶还是会覆上一层细细的尘埃。

每隔一段时间，田地里就会生长出一片片灰绿色的作物，没有任何一种我能叫得出名字，虽说是植物，它们却显露出一些动物的表征，叶子像羽毛，枝条像遍布鳞片的爪子，花像一张张咧开的嘴，还龇着牙，果实像一只只被揪出眼眶的眼球垂挂下来……我只取其中一小部分作为食物，吃起来有淡淡的血腥味，其余的，我任由它们在地里凋敝、腐烂。

我一直盼着范大胆回来，把我带回地球，或者好歹送几个村民过来。我大概已经被遗弃在这里了，这可能是个阴谋，也可能，他无法说服其他人前来，于是滞留在了山村。又或者，太空船出了意外，他已经在往返的途中死了。还有一种可能：范大胆并未离开这个星球，他就隐藏在距我并不遥远的什么地方监视着我。

有几次，实在忍受不了了，我顺着原路往回走，我也许走到了我们脱下宇航服的地方，当然，那里已经不再有宇航服，但是再往前走，呼吸便会变得困难，直至窒息。我猜，那里有一道无形的界线，跨越它，空气就渐渐稀薄、消失了。

天气晴好的时候，坐在室内，朝窗外望去，会看到一座山。天亮时，它呈现柔和的浅灰色，随着天空变暗，它就成了一片阴森的巨影。我曾经尝试靠近它，在通向它的路上我从未感到难以呼吸，然而，我却始终未能走到山脚下。有一种恐怖在驱逐我，越接近山体，恐惧感便越强烈，结果，我只好折返，回到这座空洞的村庄，回到我的小屋里，躺倒在床上，等待黑暗慢慢将我覆盖。

约侬·列翰

1940年 从我站的地方,可以远远望见一群白色的东西在奔跑。我问别人那是什么?他们说,那是企鹅。是一群身染白化病的企鹅?哦,不是,是白企鹅,另外还有一种黑企鹅,它们一起生出了科学画册上的那种企鹅。

1941年 起初,我独自在南极漫步,东问问西问问,很快结识了一些人,其中有些家伙十分友好,我们成了朋友,一起干这干那,之后我和他们走散了,又一个人漫步。一开始就是那样。

1942年 南极是一点一滴汇集而成的,就像我对它的记忆。世界上所有的地方,每一时刻都有事件在发生。事件第一次发生时,鲜活极了,但它们在另一个地点再次发生时,就会变得暗淡、冰冷。这些事件一次次发生，慢慢向南极聚拢，直到它们降至零度，变得透明，汇入苍茫的冰原。

1943年 有些人会追逐一个事件，一直追到南极。他们一定是迷恋那个事件，想反复体味它，挽回失去的东西。但当他们来到南极，他想要的事件已经失去温度，他能得到的，无非是一块冰。但这些人还是会抱住这块冰不放，因为一放手，他们就会陷入痛苦的窒息。他们就那样抱着冰块冻僵了。冻僵的人会变得像冰一样，躺在那儿、发着光。

1944年 不过有一类事件不会彻底淡化，它们是一些谜团，谜团无法解开，就不会消解在冰里。封锁着谜团的冰山会闪现出种种影像、发出声音。乔森对这类冰山特别着迷，待会儿我会谈到他和他的艺术。

1945年 我想到南极的极点去，据说极点是一块凹陷的柔软的冰，就像一张舒适的床。我想躺在它上面，睡觉，或者眺望覆盖了世界的"北方"。

1946年 我出发去南极极点。这将是一次漫长的旅行。

1947年 我在旅途中结识了女艺术家——大洋野子。她像是来自大洋深处的巫女，很美，而且有想法。她有许多姐妹，小洋野子、大子洋野、小小洋子、大小野子、YnKn Non、Oyo Kno……她们环绕在我们周围，但又保持着一段神秘的距离。我们成了恋人。

1948年 我和野子一同拜访了我过去的合作伙伴林塔·斯哥尔，如今他自己组建了新的艺术团体，他们在一起制造乐器，材料是冰、玻璃、陶瓷、金属。"你在做什么？"我走到林塔身旁。"你好，约侬！我在用冰块造一架钢琴，他们在用各自手里的材料做其他乐器。然后，我们等待风暴，冰雹会把乐器打烂，同时发出带劲儿的噪声，要是风够劲，乐器会被卷上天，在空中轰鸣、粉碎。我们正在为此做准备。"他说话时故意不瞅野子，对此我有点生气。我暗想，也有可能风暴带来的只是几根羽毛，它们飘落在乐器上，不发出声音。

1949年 我们被卷进了风暴。我昏迷了很久，醒来以后，野子不见了。我陷入彷徨、忧郁。我不想这样，但毫无办法。

1950年 我用两枚圆形冰片为自己磨制了一副眼镜。

1951年 我把这一年用于回忆。我曾在利物浦度过一段美好的时光,那时我还小,我的秘密姨妈负责照顾我,她是我的姨妈,但同时也是秘密,一旦说出来,她便会消失。如今她已消失多年,但我还记得她给我的糖丸,它们的色彩和甜味。在利物浦,每个家庭都拥有一座港口,每个人都可以沿着自己的小路找到大海。在小路狭窄的尽头,总停泊着一艘灰白色的铁皮船。我喜欢利物浦雨后空气中的味道,那是一股淡淡的海星的气味。

1952年 在雾中,隐约露出白企鹅的影子。我睡着了。醒来后,雾已散去,天空明亮,天边高悬着几只白色的风筝。

1953年 我想念野子。我尝试靠超觉静坐找到她,那是我在印度学的,但不管用。我仍然沮丧。原生呐喊疗法也帮不了我。我只能自己哼歌。

1954年 这时,我遇到了乔淼,早在1944年我就说过,我要谈谈他和他的艺术。他耳朵上戴着听诊器,听诊器的另一端连接着一根细长的探针。他先挑选一座冰山,而后找准冰山的穴位,将探针刺入。他靠这根针寻找冰层中的谜团——那些尚未消解的带有声音和影像的谜团。这需要极大的耐心。当探针刺入谜团,那里面的声音就会传入乔森的耳朵,他会将那些蕴藏着谜团的冰块开采出来。他还制作了大量精致的扑克牌大小的白色卡片,假如谜团里的信息有意思,他便把它们记录在卡片上。我见到他时,他周围摆满冰块和卡片,冰块里不时闪过一片影子,仿佛极光在动物眼中留下的残像。"嗨,最近怎么样?""不太好。""那就拿些冰块和卡片去解解闷儿。""好吧,谢谢你,再见。"

1955年　我的外衣兜里塞满了带音乐的冰块。

1956年　我只拿走一张卡片,那上面写着一个人名和两个时间:维斯埃尔·普雷利斯/(1935—1977)。

1957年　南极最主要的动物,除了企鹅,就是大野羊。大野羊像马又像羊。我喜欢这种动物,我花了一年时间观察它们。

1958年　我继续向极点前进。

1959年　又一次暴风过后,当我醒来,我发现野子睡在我身边。两次风暴之间发生的事情,仿佛是梦。"我梦见我们穿着宽大的袍子在冰面上滑行,后来我们飞到了天上……"她说。

1960年　野子送我一只晶莹剔透的沙漏。沙漏是空的,我将几块带音乐的冰块碾成粉末注入沙漏。粉末在沙漏中流动,发出声响。"这样你就知道时间了。"她说。从那时起,我开始写一篇自述,为此我追忆了1960年以前发生在南极的一些事。

1961年　我决定同野子结婚。"你想要什么样的婚礼?"她问。"我们继续往南走,在路上,如果听到一段音乐,你喜欢,我也喜欢,那就是我们的婚礼。"我说。"这主意不错。"她说。

1962年　我们顺道拜访了保尼·麦特卡罗的露天寓所。他刚刚用一块薄冰刻制了一张唱片。"一起来听听吧。"我们缩在沙发上。留声机上,唱针划过冰唱片的密纹放出一支歌。保尼将一杯酒倒在雪白的桌布上,之后将桌布点燃。一簇火焰有分寸地燃烧,冰唱片映现出珊瑚色的光,缓缓融化。随着歌声的变形,我和野子感受到难以言传的压抑,后来我们就像在梦里那样哭起来。

1963年　告别保尼以后,我感到痛苦。我想我一定是忘了某些事。野子把我装进一只白色大口袋,随后她也钻进来。我们需要休息。我们在这只口袋里躺了一年。

1964年　我想获得一种属于自己的……

1965年　我轻轻敲打冰块,从冰块中敲出一些细小的字母。我把它们放在额头上,放进眼睛里。

1966年　我造了许多字母。我想起曾经在一本书中看到的话——"没有字母,就没有我"。

1967年　野子告诉我,她怀孕了。几个月后,在我生日那天,她躲进一座冰山的山坳分娩。等我听见婴儿的哭声,便急匆匆跑过去。我看见野子正在擦拭一块沾满血污的大钻石。"看啊,这是我们的孩子!"她朝我举起钻石。我小心地凑过去,仔细端详,钻石里的确有个婴儿的影子,他几乎与天空的倒影融为一体。我转过身,发现一头大野羊正站在我旁边,它的眼睛含着泪水,嘴里咀嚼着苦涩的海藻。野子的姐妹们聚集过来,像要举行一场盛大的狂欢。我不由一阵眩晕,靠在冰山的断壁上不住呕吐。呕吐物落在冰面上,发出清脆的响声……

那是更多的钻石。

1968年 我陷入虚弱。当我走路时,我感觉自己是在半空中飘。我究竟忘记了什么?我回忆的或许都是从没发生的事。

1969年 我抱着我们的钻石,轻轻摇动,我决定尽心抚养他。我给他起名叫"塔恩"。

1970年 野子用彩色冰块做了一只魔方,它的四个面上画着我的头像——留胡须戴眼镜的、没留胡须戴眼镜的、留胡须没戴眼镜的、没留胡须没戴眼镜的,另外两面上是我的名字——约侬·列翰。我转动魔方,我的面孔四分五裂了。

1971年 我开始尝试用带有磁性的冰块制造字母。这种字母在我的头脑中激荡出一个个微小的黑洞,我纷乱的念头如同光线滑入这些黑洞,不见了。

1972年 我们踏上一块漂向极点的浮冰。野子怀抱塔恩坐在浮冰的中心。我在冰的边缘放起一只白风筝,作为我们的帆。风筝牵动冰船在海中行进。我把这片灰白相间的汪洋称作刨冰洋。

1973年 世界上其他地方发生的事件流向南极,而在南极发生的事件则流向极点,汇入那块柔软的冰。在极点上,什么也不发生。

1974年 "你去过印度?""对,我去过。""学习超觉静坐?""一开始学,后来我放弃了,我只是在恒河边散步,看那些沐浴的人。"

1975年 我发现,我们的冰船正一点点融化,而野子和塔恩在缩小。"这是怎么回事儿?"我问。野子没回答,她的笑容憔悴而神秘。

1976年 冰船彻底融化以后,野子和塔恩不见了。我回到白茫茫的陆地上。

1977年 我独自向极点走着,我想,他们一定会在那里等我,我们会重新在一起。

1978年 从雾霭中走出一位高个男子,身穿考究的黑色礼服。"嘿,伙计,你好,我叫维斯埃尔·普雷利斯。"他拍拍我的肩膀。"维斯埃尔·普雷利斯……"我从衣兜里取出那张50年代收藏的卡片,"可你1977年就不在这个世界了。""可我还在这儿,因为这里是'极地时间',你的时间失灵啦。"他说。我看看我那只冰凉的沙漏,其上已布满裂纹。我的手指轻轻一用力,沙漏就碎了,冰沙流过我的手背,随风飘逝。我和普雷利斯结伴朝南走,我们距离极点不远了。"你以前是做什么的?"我问他。"气小朋友。我靠'气小朋友'为生。我专门气五岁以下的小朋友。他们真被我给气坏了,我气得他们咬牙切齿、顿足捶胸,但我很少把他们气哭,只有那些最脆弱的小女孩才会哭出来,其余的小朋友只是愤怒。当我站在舞台上,下面总有成千上万的小朋友在那里等我激怒他们,其中一些还是婴儿。我是这方面的天才,我不用说话就能把他们的肺气炸。如果我轻轻摆动几下身体,他们就要气疯了。他们想揍我,想杀了我,可他们太小,不是我的对手,他们像海潮一样涌来,却无法将我淹没……"

1979年　普雷利斯没能陪伴我太长时间,他喜欢在睡梦中度过漫长的极夜,而我却要赶路,因为我相信野子和塔恩正在等我。

1980年　我终于抵达了极点,见到了那块凹陷的柔冰,其上笼罩着一层淡淡的光。我站在冰旁,大声呼喊野子,但无人应答。这时一个奇怪的人走过来,他披一件带风帽的灰色斗篷。"约侬·列翰先生吗?""对,是我。""能给我签个名吗?"他递给我一张卡片。借着极点上空那层微光,我看清了卡片上的字:(1940—1980)。"请在这上面签字。"他又交给我一支笔。我像着了魔一样在(1940—1980)的上方写下了自己的名字——约侬·列翰。"谢谢。"他接过卡片,笑了笑,将手伸进怀中。我转过身,走向那块柔软的冰。枪声响起,我的身体被穿透,倒伏在极点上。枪又响了,但枪声似乎很遥远。

1981年　现在,我成了一个旁观者——约列·侬翰。我继续在这个世界游荡、生活,但我已无法回到原来的地方了。

心

我们生活在一座边陲小镇,四处潜伏着危险,每个少年都渴望拥有一把枪,成为枪手。我就是在这样的氛围中长大的。那时我有个伙伴,他的名字我不想讲了,我就叫他"红头发"吧,因为他有着一头火一样的红发。是红头发送给我第一把枪的,还教会了我如何瞄准、射击。

红头发早熟,这不仅表现在他的胆量、他所掌握的各种技能,他对烟草、酒精、马匹的嗜好以及对于女人的浓厚兴趣上,也表现在思想上。他告诉我,无论一个人多么矮小、羸弱,只要他深深迷信暴力,就没人敢来惹他。他又说,如果这个世界善有善报、恶有恶报,那一切问题就都解决了,但如果不是这样,那就什么问题也没解决,而且永远解决不了。他还说过,在这样一个充满罪恶的世界,死刑根本算不上多重的刑罚。

他设想过一个世界，在那里很乖很善良的小孩，长大后都会变成坏人，他们本来本本分分，娶妻生子，任劳任怨，忽然有一天就拿起枪冲出了屋子。而那些坏坯子，从出生第一天就憋着坏水儿，但长大后的某一天，一觉醒来却洗心革面，变成了好人。

"你愿意当前一种，还是后一种？"他问。

我完全听傻了，哑口无言。我把红头发视为最好的朋友，不仅是朋友也是偶像和保护者。我差不多成了他的跟屁虫。

一个夏天的正午，天热得能让人产生幻觉，他叫我跟他去镇外的那片旷野。至今我还记得他在路上讲的故事——在另一个镇子上，他看到一个卖蛇药的人被自己的蛇咬了，疼得满地打滚，但根本没去碰那些蛇药，只是大喊救命。那条蛇也知道犯了错，十分不安，一直守在主人身边不允许任何人靠近。等医生赶到，那人已经死了。

讲完这故事，他哈哈大笑，笑出了眼泪，我也跟着笑。

"那后来呢？"

"什么后来？"

"那条蛇怎样了？"

"被打死了。"

走到旷野深处，他忽然问我："你知道我为什么要教你用枪吗？"我摇摇头，像个白痴。"为了跟你决斗，宰了你，证明自己的胆量。"他很平静地说。

之后他让我拿着那把大转轮手枪,向后退,退到十五米外。我没听懂他的意思,接过枪,傻站着,一动不敢动。

他笑了笑,说了句:"真拿你没办法。"接着就开始倒退着走。他的身影在热辣辣的空气中扭曲了,仿佛在跳一种奇怪的舞。

"我喊一、二、三就开枪!"他喊。

我依然站着不动,看着他,就像一条忠实的狗。

"举起枪来!"他一边吼叫,一边朝我举起枪。

"我没开玩笑!"他又喊起来。

"一、二、三!"他扣动了扳机。子弹向我射来。

子弹没有射入我的心脏,却被我摄入了心灵。我看着那个模糊的红头发的影子,眨了眨眼,他也被拽入了我的内心。

旷野中只剩下我一个人,我走到红头发刚才站立的地方,什么也没留下。这时我忽然发现自己手上空空的,他给的那把转轮枪也不见了。我心怀忐忑回到镇上,逃回家中,闭门不出。一个礼拜过去,没人来找我麻烦。我打起精神出了门,低着头在路上走,我想遇到我的人准会打听红头发的下落,因为我们总在一起,但是没人再提起他,包括他的亲人和朋友都把他忘了。只有我知道他存在过,因为如今他就在我心里。

从那时起,我知道了自己的天赋。

几年以后，发生了一件不光彩的事。我爱上一个女孩，她并不漂亮，但文静、可爱。有时我会不自觉地跟踪她。她看到我也会朝我笑笑。我以为那是种暗示，于是给她写了封愚蠢的情书，鼓足勇气交到她手上。很快我就收到了回信，信封上还画了一个红桃心。我揣着信跑回家，把自己关在房间里，拆开信封……那并不是一封回信，只是将我的信撕碎后还给了我。画那个红桃心不过是戏弄和嘲讽。

伴着一股愤怒，这些碎片被我摄入了内心，那个女孩也从此消失了。我后来常常反省这件事，她有一点恶毒，但我不该因此就将一个人抹去。我想把她释放出来，但种种尝试都失败了。我不敢再去接触那些女孩，谁知道她们会对我做些什么，我又会把她们怎么样呢？

就这样，成年以后，我当上了镇上的警察。这完全是为了对得起自己的天赋。从我佩戴警徽那天起，这个肮脏、混乱、充满暴力的小镇就变得宁静了，不仅如此，人们也完全忘记了它血迹斑斑的历史。

我见过的最大场面，是两拨城里的枪手来到我们这个小地方火并。他们每人一身黑色行头，手里拎着各式武器，黑色轿车是他们的交通工具，也是临时掩体，他们在那上面架起机枪，随时准备开火。我走到他们中间，命令他们收起武器，滚出小镇。他们一齐笑起来，随即开始射击，接着他们都消失了。

还有过一个诡异的案子，镇上有个寡妇被人勒死了，我们没能破案。过了一段时间，又有个女人被害，之后是一起接一起相似的凶案。人们指责我们办案不力，而凶手就隐藏在这些人中间。没办法，我将所有被害人的尸体统统纳入心中。小镇恢复了平静，只有我发觉镇上那个文质彬彬的医生不见了，他就是凶手。但那些被害的女人也被抹去了痕迹，我无法让她们死而复生。

我没有太大野心，并不想凭借天赋去消灭世上所有的罪恶，我只求保住这座小镇，让它免受暴力侵袭，让它宁静美好。

有一天，我和老警长在小酒馆喝醉了。他块头很大，笑声震得人耳朵疼。他说我在这个地方当警察真吃亏，这里太平静了，简直像一座童话中的小镇，要是我一直待在这里，会永远得不到晋升的机会。他建议我到外面闯闯。我笑着说我不在乎。那天风很大，我望着窗外，几棵大树被风刮得七扭八歪。

第二天早上，我还没起床就有人来拍门，他们说警长被"风怒脸"打死了。不久前，我们就听说有个绰号"风怒脸"的枪手在附近游荡。这人平时挺正常，甚至像个绅士，但一刮起大风，他便会换上一脸怒容，风越大，他的脸色越可怕，这时他就要杀人了。直到我见到警长的尸体,这些人还在不停地吹嘘这个风怒脸,把他讲得神乎其神,就好像他是他们的英雄。自然,这之后,"风怒脸"连同他那空穴来风的邪恶便随风而逝了,警长也仿佛不曾出生过。我成了镇上的警长。

在我的心里有众多坟墓,那下面是被我摄入心灵的人们,那里电闪雷鸣,总在下雨,冰冷的雨水砸下来,划过一座座墓碑上的刻痕。有时,在梦里,我会来到这些墓碑前,回忆起往事。而在坟墓之下,即便是最邪恶的家伙也在为自己喊冤。在这片墓园的最深处,耸立着红头发的墓碑,我能听见他一个劲儿地诅咒,他叫嚷着:"无论怎么邪恶都有存在的权利!"

仅仅一座小镇就让我的内心成了地狱。

不久前,他们又给我介绍了一个姑娘。我到她家做客,我们在花园里喝茶。她问我有没有过什么奇遇?我说没有,这个小镇太平静了,我运气真好。她不甘心,又问我是怎么当上警长的,不会什么功绩也没有吧?我说我就是莫名其妙当上警长的,可能做警察的时间够长就可以做警长,谁知道呢。

她看着我的脸,问我究竟多大。我说,三十一岁,等年底再过生日就是三十二岁。她沉默了,过了一会儿,她忍不住说:"你看上去有五十岁。"

我起身时,放在膝头的帽子掉到了地上,我拾起来,在腿侧拍打了两下,把它重新戴好,说了声"对不起",之后头也不回地走出了她家的花园。

昨天，镇上举行了一年一度的盛大狂欢，他们分派给我一个角色，一个既重要又神秘的角色，很难说清它象征什么，可能是厄运，或者是死亡、瘟疫、邪祟什么的，但是我知道，只有人们极为尊敬、爱戴的人才有资格扮演这一角色。

当狂欢达到高潮，我披着黑色斗篷，用一副恐怖的面具将脸遮住，从广场边上一座房子的阴影中走出来，缓缓逼近人群。人们嬉笑着奔逃，但不会跑远，始终环绕着我。等我走至广场中心，他们开始咒骂我，朝我吐口水，驱赶我，这只是仪式的一部分，但他们演得就像是真的。

我带着半真半假的恐惧，躲避着他们，仓皇逃走，他们追逐我，有几个壮汉还举起了木棍和耙子。我被驱赶到了镇子外面，向旷野跑去，直到这时，还有几条狗在我身后追逐狂吠。

我要在旷野里等到天黑才能悄悄回到镇上。我在一块大石边坐下，仰望天空，回忆着自己所度过的半生，很多往事无法与人分享，就仿佛那仅仅是我的妄想。等到黑暗终于降临，我起身不紧不慢地向镇子走去。

狂欢已经结束，萧索的气氛笼罩着遍地狼藉，这座玩具般的小镇静悄悄的，所有人都已躲进各自的小屋。据传说，这时候谁遇到我这个在今日象征邪祟的人，未来一年都会交霉运。

我打量着镇上的房子，疲惫地朝自己家走去。我能感觉到，罪恶从未被消灭干净，甚至毫发无损，它就隐藏在那些黑洞洞的窗口后面，在夜与虚空中永不停息地滋长着。

弱　者

1. 游泳课

我和游泳教练浸泡在不愉快的气氛中，不是在水里，而是在他正驾驶的汽车里。他是我女朋友介绍给我的，或者说，强加于我的。

夏天在海滩时，我就发觉女友对那些擅长游泳的男人很有兴趣。她一直在与其中几个英俊、健美的年轻人眉目传情。那些人就是所谓的"沙滩男孩"吧，他们冲浪、潜水、打沙滩排球，追逐玩闹，累了就倒在沙滩上晒太阳，将皮肤晒得黝黑发亮。他们身上的确散发着一股阳光与海风混合的气息，那也许可以挑动女人的欲望。

我不会游泳，我到海滨来只是为了陪伴女友。我坐在沙滩一座破木屋的阴影里，远远地望着她在海中畅游，偶尔抬头看一眼天空，期盼下场大暴雨，但那几天海滨的天气极好，太阳竭尽全力喷吐着金色的光焰，空中一朵浮云都见不到，海浪翻涌，上演着大块光斑离合聚散的戏剧。他们就在海中尽情嬉戏着。

一天深夜，我独自去海边散步，沙滩上已不见人影，白天的燥热散尽，空气中飘荡着一丝荒凉的味道，几家临海的商铺还亮着灯，沙地上密密麻麻的脚印仿佛一张张丑陋的人脸。海面在夜空下涌动，向海岸推出一条条细长的白浪。

旅行归来后不久，我便被交到了这位游泳教练手里。教练的年纪与我相仿，但观其面貌，远比我成熟老练。他身形魁梧，穿一身西装，能感觉到衣服下面全是隆起的肌肉。他的胳膊真的比我的腿还粗。此刻，我正坐在副驾驶的位子上，跟着他去往一个"学游泳的好地方"。

"我对水有一种莫名的恐惧。"

"我知道，所以要帮你克服恐惧。"

"我自己也尝试过。"

"怎么尝试的？"

"有一阵子，我经常把脸扎进水盆里，闭住气数十下再抬头。"

"根本没用，很愚蠢，今天带你去的地方可以让你彻底克服……"

"有一次，很奇怪，我抬起头时，看到镜子里的自己，那张男人的脸。我忽然产生一种神秘体验——这个世界是我创造的。这个体验特别深刻。然后我想抓住它，但它很快消失了，在我还来不及回味的时候就消失了。我已经想不起这是多少年前的事了，应该是个夏天。"

"你是不是有点自大狂？"

"没有，跟自大没关系，只是体验，真实的体验。"

"那你是不是很自恋？"

"您什么意思？"

"你女友说你这人有点心理阴暗。"

"她对您说的？"

"当然，她还说她有点怕你。"

"天哪，她怎么会对您说这些？"

"但我看出来了，你是条可怜虫。一个喜欢妄想的懦夫、胆小鬼、可怜虫。"

"这只是您的想象，我不会游泳，您就把我想象成一个懦夫，其实您一点也不了解我。"

"开始我是摸不清你的底，但一见到你我就明白了，你就是条彻头彻尾的可怜虫。"

我不想再说什么了，我感到气氛不仅不愉快，甚至有几分险恶。他把车开上了盘山公路，地势越来越险峻，但车速丝毫没有慢下来，教练稳稳地把控着方向盘。外面阴霾密布，天空正酝酿一场暴雨。

"你别生气,我说话有点直。总之,我会改造你,你很快会获得新生。"

"我只想好好过日子,老老实实过日子。"

"我可没不让你老老实实过日子!"

"你们要把我驱逐到什么地方去?"

"谁要驱逐你?"

"我只想老老实实过日子,为什么总要把我驱逐出去,一直驱逐到世界外面?"

"你可别不讲理啊!"

"好吧,我是该开始过另一种生活了。"

"这就对了。你很快就会过上另一种生活。"

"重新开始。"

"没错,重新开始。"

天边划过一道道白色闪电,却没有传来雷声。我闭上双眼,闪电的光芒穿透我的眼皮,那片虚幻的金色刺激着我的神经。我的躯壳开始发抖,那是出于动物本能的恐惧。我设法让它不露声色。等稍微平静一些,我便开始慢慢移动,痛苦地移动,极度痛苦,一点点地,我从这糟糕的处境中脱离出来。

等我再次睁开眼的时候,车已经停了。教练推开车门钻出去,示意我也下车,但那里已仅剩一具躯壳。躯壳没有反应。

教练有些暴躁，他拉开那边的车门把它拽出去，那架势就像要打它一顿。之后，软塌塌的躯壳便一摇一晃地跟着他走了。

我听到轰响的水声，眼前出现一座水库，灰色混凝土嵌入黑沉沉的山体，熔铸为一片突兀却完美的几何体，一道白色瀑流正从水坝的泄水孔喷薄而出，在一派灰暗中发出冷冷的白光，水面上浪花四溅。教练领着躯壳上到一块巨岩上，下面是幽暗的水潭。教练在指点着什么。为了看清楚，我靠近了一些，只见水下有一片巨大的黑影慢慢游上来，但它并没有浮出水面，无从判断那究竟是什么。

这时教练猛地一推，将我的躯壳推进水里。水下的东西以闪电般的速度咬住躯壳，毫不费力地将这块肉饼撕碎，血像殷红的雾弥漫开。我隐约嗅到一丝腥味。几分钟后，躯壳被完全吞食，水中那个东西潜下去了。

不管那是什么，迟早有一天我要把它拖上岸来，让它暴晒在光天化日之下。但是此刻，我克制住对它的好奇心，回到车里。这次我坐到了驾驶座后方的位子上。滚滚雷声终于响起来，紧接着雨水倾盆而下。

又等了将近十分钟，教练穿过重重雨帘回来了，他被淋了个透湿，嘴里不住咒骂着。车窗外一片白茫茫。但他不准备做片刻停留，立即启动车子，吹着口哨向山下开去。

车刚开到第一处弯道，我就从后面伸出双手，死死遮住了他的眼睛。

2. 夏夜的恐慌

伴随月亮的移行，草叶的色泽在悄然变幻。然而不久，滚滚而至的黑云遮没了月光，潮热之气弥漫。我从窗口收回目光，躺倒在狭窄的床上，汗流如注。

这时响起一串急促的敲门声。我在恍惚中坐起身，侧耳倾听。

"开门，快开门！"一个年轻女人压低声音，急促地叫唤。

"什么事？"我打开灯，来到门边。

"我男友要杀我，快开门让我进去，求求你！"

我打开门，她像猫一样钻进来。

我关好门，转过身，和她面对面站着，不知说什么好。

"谢谢你。"

"不客气。"

"我一会儿就走。"

"你男友为什么要杀你？"

"他疯了。"

"报警吧。"

"这荒郊野地的哪儿会有警察？！"她吃惊地看看我。

"也是。他会找过来？"

"肯定会，他会挨家挨户砸门的，过会儿你就会听到粗暴的砸门声。到时你千万别慌张。"

"我会慌张？"我笑笑。

"看来你挺厉害的。"她上下打量我。

"还可以吧。"

"那你能帮我去解决他吗？"

"怎么'解决'？"

"去跟他谈谈，让他别再发疯了。"

"可我为什么要去呢？"

"为了正义啊，你没有正义感吗？"

"你跟他是男女朋友，你们吵架，他有些失控，这没什么正义不正义的问题。"

"你这么想？"

"对，我这么想。"

"好吧，但可能因为你是个胆小鬼才这么想。"

"是吗……"

"你知道我男友会怎么收拾你吗？你遇到他的时候，他根本不会看你一眼，不管你说什么，他都会低着头，当你不存在。但你要是想挡他的路，他会一下把你打个满脸花，他只打脸，一拳一拳往你脸上砸，直到把你的脸打个稀巴烂。"

"那我就更不会去找他谈了。"

"我就知道。"

"我已经过了为证明自己去冒险的年纪。其实我也从没有为了证明自己去冒过险。十年前有一次,差一点,但我克制住了。"

"了不起。"

"谢谢。"

"不过他一会儿还是会找到这里,那时候你就完了。"

"我可以不开门,假装房间里没人,我现在就把灯关上。"我虽这么说,但并没有去关灯。

"你以为他傻吗?他闻一闻就知道我在这里,我跑到哪儿他都能找到我。他一脚就能把这道门踢开,踢开之后,他会扑上来打你的脸,一拳接一拳,直到……"

"那我应该让你现在就出去。"

"我不会出去的,除非你帮我解决他。"

我没再答话,她低头思索着什么,咬着嘴唇,忽然她又开口了。

"你想不想要个女人?"

此时我才注意到,她的身体像凝固的月光般洁白。

"你是说你自己吗?"

她点点头。

"他会从哪个方向来?"

"南边。"

我走出房门,将她反锁在房间里,顺楼梯走下楼,回头望了望这座年久失修的筒子楼,所有窗口都黑洞洞的,除了我的房间。它坐落在半山腰上,曾经是水利职工的宿舍,如今已经被废弃。

我朝南边走去,地势渐渐升高。

在濡湿的热浪中走了一段山路,便隐约听到水声,稍后,眼前出现一片泛着幽光的湖。这是一座规模很大的水库。此时水中探出一颗巨大的蛇头。它盯住我,滑过来,几近无声。

我向后退去,等它全身来至岸上,我才猛地化身为蛇,一条与之等量齐观的蛇。

随后我们便激烈地绞缠在一起,头对头,脸对脸,它把嘴张到最大,我也将嘴张到最大。我只比它粗一点,嘴张得更大些,而这很关键。我艰难地将它的整个嘴部纳入口中,然后把那冰冷的蛇头蛇身一寸一寸吞入自己体内,它一下下抽搐,仿似通电的金属,蛇鳞在暗夜中泛着青光,鳞片上映现出我的眼睛,那是死物初获生命时原始的眼睛,目光僵直而机械。

花了一个时辰,我终于将它整个吞下,我的身体变得圆滚滚的。

一条大蛇被一条更大的蛇吞掉,心中不会留下一丝怨恨。我感到它在我腹中安静地睡去,不久便死了。

我变回人形，但躯体仍旧庞大肿胀。我翻了个身，仰面朝天躺着，张开嘴，死蛇的碎屑化作一股发光的烟柱，徐徐升上高空。我的身体慢慢缩小。等我恢复原状，便赤身裸体，在黑漆漆的天空下，沿原路返回了筒子楼。

见我打开门，她面露疑惑。

"怎么样？"

"什么怎么样？"

"我男友。"

"解决了。"

"这不可能！"

"我为什么要骗你？"我注视着她。她向后退，一直缩到墙角，双臂抱在胸前，紧张地盯着我。

"你怎么证明？"她恶狠狠地问。

"不需要证明。我对你毫无兴趣，现在就请离开这里吧。"

她仍然盯住我，面容僵固仿若一副面具。突然，从她口中吐出一条长长的黑舌。

传　声

我瑟缩在雨披下走在雨中，脚下是雨水汇成的河流。这座浑浊的城市愈加浑浊了。抬起头，视线被道路两旁悬垂的各式招牌遮挡，只能从窄窄的缝隙处看到破布一般的天空。我就这么深一脚浅一脚地走着，雨的气味混合街巷的霉味随着清冷的风一股股灌入我的肺腑。

这是那种适合躲在自己的小房间里睡觉的天气，而我必须如此奔波去完成自己的使命。那个女人在等我，在一家茶餐厅二楼的小隔间里，我已经迟到了。我手里攥着一张纸条，一面写有地址，另一面画着简单的路线图。每走一段路，我就得仰起脸来寻找路牌，这时雨水便会打进我的眼睛。

半小时后，我终于坐在了她的对面。她像以往一样面如白纸，神情漠然。她的发型也还是那么怪，头发帘遮挡着双眼。她大概是个可怜的女人，就像我是个可怜的男人。她缓缓饮着热茶,我也拿起了茶杯。我的雨衣挂在隔间外的钩子上,我边喝茶,边用余光观察地上的暗影和从雨衣上淌下的水渍。

这时她做了一个从咽喉向外掏的动作,手在嘴的前方张开又垂下。这是在示意我开始。我端正坐姿,点了点头。

之后是约三十秒的沉默,她开口了……

"阿朗,你在吗?我找阿朗。我是阿成啊。"

紧接着,不由自主地,我也开口了……

"我在呢阿成,好久没你的消息了。"

"我以为再也找不到你老兄了呢。"

"怎么会。"

"现在过得怎样?"

"还可以,就是工作很无聊,总盼着放假。"

"现在还常出去旅行吗?"

"每个假日,无论是周末还是节日假期,我都会去一个地方,但算不上旅行。那个地方离我家并不太远,当天可以往返,是郊区山脚下的一家小旅馆。"

"为什么总去那儿,是去幽会吧?"

"你真会开玩笑,我从来都是一个人。"

"那是去登山?"

"我从没爬过那附近的山,我对山也没什么兴趣,我也不知道为什么要去那儿,但每到假日我一定会去。住进旅馆房间，我就躺在床上看杂志，看到困得不行就睡觉，就这样，有点浑浑噩噩。不过每个工作日我都在盼望假期，盼着去那家旅馆，躺在床上看杂志，最好是那种花花绿绿全是图片的杂志，然后入睡。"

"要是我的话，肯定会失眠的。我现在只能在颠簸的汽车上睡着。"

"失眠很严重吗？"

"是，已经三年了。"

"这几年你是怎么过的？"

"住在我祖父的那栋老房子里，白天读他留下的一套发霉的《二十四史》，书封是暗淡的绿色。一开始想从里面学点阴谋诡计，但后来发觉学不到，那些事写得都很隐晦，我没这个天分，根本搞不明白。后来我就不按顺序去读了，抽到哪本是哪本，翻开哪页是哪页，这么读着读着，就感觉历朝历代都大同小异。总之一头雾水。到中午，会有一辆车来接我，是射击俱乐部派来的。只有坐上那辆车我才能入睡，在后排座上，头靠在车窗上，看一会儿街景就迷糊了，醒来时，车已停在一片野地上。我下车，走进草丛，草有近一人高，总是很干燥。俱乐部的射击场就藏在草丛深处。有个人会从这座草迷宫中冒出来，交给我一把手枪、一盒子弹。之后我继续在草中穿行，会看到一座小山，山脚下有一块空地，那里立着一排靶子。我站稳,调整呼吸,一只手拨开草,一只手举枪瞄准、射击,枪声在郊野上空震响,一下又一下。我这么一直射击到黄昏,再也看不清标靶才停下。那辆车还在原地等我,我上车,睡觉,回到祖父家的门前时司机会叫醒我。我只吃很少的东西,躺在床上发一小时呆,脑子里仍然回响着枪声。然后我就又站到了书架前,从那套《二十四史》里抽出一本,开始没头没脑地读起来。"

"很高兴你能跟我分享这些。"

"我也很高兴,已经好几年没和任何人聊过了。"

"我们的时间差不多了。"

"是啊,下次再聊吧,如果还有机会。"

"会有机会的,再见。"

"再见。"

我拿起杯子喝茶水,喝完一杯又续上一杯,之后去了趟卫生间。她也做了和我一样的事。雨下得更大了。

等我们重新坐好,她又做了那个从喉咙向外掏的动作。我点点头。于是传声又开始了……

"郁子,你还记得我吗?我是信夫。"

"记得,信夫君,好久没联络了。"

"是啊,已经有十年没说过话了吧?"

"记不清了,应该有十年了,也可能更久,我现在失去时间概念了。怎么会断绝消息呢，我还以为你会娶我，现在我只记得这个了，记得你本来是要娶我为妻的。"

"看来你忘了很多事。"

"因为一次车祸，我失忆了，一位医生告诉我的，说起来又好像是在做梦，我完全记不起什么车祸了，那个医生也好像是幻影，在一片晃动的白光里跟我说了几句就不见了，只留下我一个人。"

"本来不想提这些了，但长久以来这件事都在折磨我，让我心里不舒服，所以还是找到你，要告诉你。"

"我在等你说。"

"那天我们在山中共度了一段很美好的时光，也许是我一生中最美好的时光，很晚我们才决定下山。因为觉得顺原路返回没什么意思，我们就走上了一条山间小路，在黑暗中摸索让人筋疲力尽，后来终于走到一条盘山公路边。这时候正巧开来一辆出租车，我知道你会招手，想要阻止你，但已经晚了，你高高举起手臂，那辆出租车马上停在了咱们面前。车窗开着，司机是个俊朗的男人，他朝你说了一句'上车吧'，你就跑过去，坐到了副驾驶的位子上，好像把我忘了。我不情愿地拉开车门，坐在司机身后的位子上。随后车子开起来了，越开越快，简直像发疯一样。你对司机说：'天哪，你的车技真好！'司机笑了，说：'你知道吗，我是车神！'话音未落车又加速了。山风从敞开的车窗猛灌进来,我有些窒息,感觉自己是坐在一颗正在坠落的流星上。突然,我发现你的手在抚摸那个司机……"

"肯定是下意识的,车速太快,我害怕。你就是因为这个离开我的?"

"不是下意识的,我也没有因为这个离开你,实际上我不记得这之后发生的事了,那是我最后的记忆,这些年来我能回忆的也只有这件事,只有前面我对你讲述的这些内容,我宁愿忘了它。"

"我好像明白了,你把它讲给我,你就可以忘了。"

"但愿如此。"

"你是个自私的家伙!"

"你也一样。"

对话戛然而止。我好不容易从一个遥远的虚幻场景中回过神来,瞅瞅我的搭档,她垂着头,已经在打瞌睡了。我没去打搅她,时间还很充裕。我望向窗玻璃上雨水的瀑流,那里浅浅地映现出一个迷离的微缩世界。几分钟后,她猛然醒来,惊恐地看着我,之后渐渐恢复清醒,又刻意摆出一副冷冰冰的样子。

我看看手表,然后竖起右手食指,她点点头,于是开始了今天的最后一次传声。

"岑勃兰先生吗？岑勃兰先生，你在吗？！"

"我在。邋遢汉，别那么大呼小叫的。"

"是……"

"找我有何贵干？"

"我遇到了麻烦，需要您的帮助。"

"又遇到麻烦了？我以为你不会再来找我了。"

"这次只有您能救我。"

"快说吧，我很忙。"

"是这样，我正在一家医院里，说是医院又像是监狱，我也搞不清楚。我来这儿是为了看布莱克的，布莱克是个很不错的家伙，以前和我同租一栋公寓，这家伙有两下子，但是不久前消失了。昨天我接到他的电话，他说他住院了，让我去看他。我答应了，因为他帮过我大忙，他帮我打跑了那些勒索我的人，您知道，一直都有人勒索我。所以今天我就来看望布莱克了。我以为他会躺在病床上，但是没有，我被一个像是医生的人带进一个小房间，这人说那儿是会见室。过了一会儿，布莱克进来了，穿着一身病号服。他说见到我很高兴。我问他得了什么病，他说是一种很奇怪的病，他的双手触摸什么，什么就会迅速变旧。'变旧'，他就是这么说的。这时我才注意到他戴着一双黄色胶皮手套。您还在听我说吗？"

"在听。"

"现在想起来,这家伙满嘴鬼话。这时我的手机响了,是我的孩子打给我的,我来看布莱克的时候把他自己留在家里,他才七岁。他说外面有人在敲门,很凶暴。他从窥视孔向外看,说是两个医生打扮的人。他不敢开门,问我怎么办。我说我马上回去。布莱克忽然说:'你对付不了他们。'我一下惊呆了,电话里说的什么,他好像都清楚。他说:'让你的孩子别给他们开门,他们是要带他去做实验,只有我能对付他们,现在我就去收拾他们。''可是你怎么去,你在住院?'我问他。他说只要和我调换一下衣服就能蒙混过去,说完他就开始脱衣服。我呆坐在那儿,他让我快点脱衣服。我照他说的做了,当时我的大脑一片空白。他穿上我的衣服,夺门而出。我过了半天才反应过来,捡起地上的病号服穿上,又戴上了那双橡胶手套。我想出去,但发现小房间的门已经锁了。无论我怎么用力拍门都没人回答。我开始找我的手机,这才发觉不知什么时候手机也被偷走了。我想到,他并没问我现在的住址,又怎么去救我的孩子呢,除非他早就知道。但不论是哪种情况,我都受骗了。我分析的对吗,岑勃兰先生?"

"你很有头脑,邋遢汉。"

"现在我只有向您求救了,他们不知道我还可以联系到您,无论对方是什么样的恶棍、阴谋家也想不到,我真忍不住想笑!"

"你先不要笑,邋遢汉。你曾经背叛过我们,你要接受教训,没有我们,你什么也不是,在这个残暴的世界上,你根本保护不了自己和你的孩子,明白吗?"

"明白!"

"你又欠下我一个人情,以后我会要你偿还。"

"我发誓偿还!"

"好吧,把你家的地址,和你现在待的这个鬼地方的地址告诉我。我会先去救你的孩子,看看那些医生打扮的家伙是什么妖魔鬼怪。之后我会去你那里,不管是医院还是监狱,我都会把你弄出来。然后我们去找到那个什么布莱克,让他生不如死。"

"我的住址是:肉市大街三十一号。我现在被困在铁桥街和黑堤坝路交叉路口的一栋白色建筑物里,在11层。"

"很好,我这就出发。"

"谢谢您,岑勃兰先生!"

"别忘了你的承诺。"

"永远不会忘。"

刚一结束工作,她就起身拎起靠在墙角的伞,走出了隔间。我感到疲倦,但知道这个茶餐厅不是久留之地,于是艰难地站起来,从挂钩上摘下雨衣穿在身上。

等我来到街上,她已走远,顶着一把黑伞,背影渐渐模糊，融入在一片混沌中。其实我挺想和她聊聊，但是只能以传声的方式聊，那需要依靠另外两个传声者的帮助。

聊什么呢？我走在雨里，看着前方水中泛起的松缓漩涡，寻思着。或许可以讲讲我凌晨时的梦。我梦到自己在一个很奇怪的地方生活，在那里，只有不停说话才能存在下去，一旦闭口不语，就会消失，所以每个人都拼命说啊说啊，一刻也不敢停。我也和他们一样在不停地说着，搜肠刮肚地说着，忽然我厌倦了，什么也不想说了，也不怕了。我闭上嘴巴，这时眼前升起一团浓稠的蒸汽，我什么也看不到了，我知道自己正在消失，正在消失……于是生出一种从未体验过的解脱感。

注血鬼

我和女友面对面坐在登山缆车里，车厢很小，各面都是透明的，连脚下的山谷也能看清楚。买票时天空有些阴沉，这会儿下起雨来，起初是细碎的雨点，打在玻璃上，后来转为瓢泼大雨。抬起头，只见雨水冲刷下来，缆车外的景物一片混沌。

这次并不是来观光的，我们已经下决心离开过去居住的那个大城市，移居到这座高山脚下的小城来。乘缆车上山，是为了探查一下我们未来的生活环境。之所以选择这里，是因为几年前我曾随公司同事到此地旅行，留下了很好的印象。

我正心不在焉地望着雨幕，女友忽然说："无聊吧？我给你讲个故事吧。"

"好啊。"我说。不知何故，我觉得她像是蓄谋已久的。

"先告诉你一声，是个鬼故事。"

"我最怕听鬼故事了，对这些特别敏感。"

"一点也不可怕,你还是个男的呢。"

"好吧,你可别吓我。"

"嗯,不吓你……从前有两个注血鬼……"

"什么?"

"'注血鬼',注入的注,'吸血鬼'的'血鬼'。你听我接着讲就明白啦,别插嘴。"

她清清嗓子,正式开讲了:

"从前有两个注血鬼,一男一女,住在近郊一座孤零零的房子里。一大早,男注血鬼就走出房子,骑自行车去上班。他们在市区开了家小书店。他在书店里一直工作到下午五点。没有顾客,他就读读书,写点东西。回到家的时候,天一般挺晚了,他会直接上到房子的二楼。这一层只有一个房间,里面摆了一具石棺,其他什么也没有。

"他移开棺盖,里面躺着女注血鬼,她赤身裸体,像一具僵尸一样缩在那儿。男注血鬼会脱光衣服,侧卧在女注血鬼身边,抱住她的身体,一口咬住脖颈,温热的鲜血从牙齿尖慢慢注入她的血管,然后她就渐渐活过来了,焕发容光,男注血鬼则变得皱缩、僵硬,直到失去知觉。

"这个过程耗时很久,等她起身走出石棺,已经将近凌晨了。周围还黑着,她走下楼,走进自己的房间,梳妆打扮,然后走出房子,骑上自行车,去他们的书店打理生意。晚上,女注血鬼回到家，打开棺盖，脱去衣裳躺到男的身边，将血注回他的身体。等他醒来，她又变得像个僵尸了。

"就这样日复一日，周而复始。只要按照这种注血鬼的方式生活，他俩能永葆青春。虽然书店生意惨淡，但是没关系，注血鬼只靠自己的血就可以活下去，食物和水都不是必需品。

"女注血鬼对男注血鬼挺满意，从各方面看，他都是个不错的同类，没有不良嗜好，情绪稳定，生活规律，做事有条不紊，甘于寂寞。但他们很少交流，实际上也只有在注血进行到一半，中间休息的时候，才聊上几句，有一搭没一搭，都是些无关痛痒的话。

"有一天，女注血鬼在书店遇到一个年轻男人，他来找一本挺冷僻的书。书没有找到，但这男的好像看上女注血鬼了。后来他老往书店跑。

"从那以后，女注血鬼回家的时间越来越晚。男注血鬼有些起疑，但是没多问，他就是那样，对同伴很纵容。

"直到一个晚上，女注血鬼回到他们的房子，没有将血注入同类的身体，她带走了自己的衣物和积蓄。之后，她和那个常来书店的男人跑了，住进了他的房子。又过了一段时间，他们搬到了另一座城市。再后来，他们离开原先的国度，去了一个美好、宁静的国度。

"女注血鬼的血很快就失去了魔力，她成了一个普通女人，生活挺平静，随着时间慢慢老去，直到离开人世。而那个男注血鬼，在同伴离开后，就一直躺在那具石棺里，皱缩、僵硬，与世隔绝，再也没能醒过来。"

故事讲完，她沉默了一会儿，然后问我："听懂了吗？"

"大概听懂了。"

"怎么还'大概'？"

"这不会是你自己的故事吧？"我疑惑地看着她。

"怎么可能，你想什么呢？！"她笑了，却有点不自然。

"那是从哪儿听来的？"

"在一本小说里读到的，一本短篇小说集。"

"叫什么名？"

"忘了，作者是谁也忘了。"

我没有追问下去。实际上，我和女友就是在一家小书店认识的，只不过后来我才知道她是那家书店的合伙人之一，当时我还以为她只是个店员。不过她的相貌非常出众，怎么会只是一家小书店的普通店员？我和她一起走在街上，总会引来路人的目光，是因为她太漂亮了，我一直不明白她怎么会看上我，对了，她好像只是急于摆脱什么。当我说想离开那座大城市的时候，她与我一拍即合。那家书店的另一位老板是个英俊的男人，衣着考究，沉默寡言，似乎对什么都很漠然。起初我以为他俩是一对儿。我还问过女友，他们是什么关系，那时她是怎么说的来着？总之是闪烁其词，没有正面回答。说起来，对于她的身世，我知道的也很有限……

缆车忽然震颤了一下，打断了我的思绪，原来已经到达目的地了。我和女友走出车厢，撑起伞。此时雨已经小些了，但山间弥漫着浓浓的雾气，几步之外的景物都看不真切。

"当心啊，这会儿上山可险着哩。"缆车站台上的工作人员嘱咐了一声。

"会小心的，谢谢！"

"咱们是去迷魂台吗？"女友站在山路上四下张望。

"不知能不能找到，那年我和同事就是从这儿下的缆车，然后是怎么走的来着，好像是这个方向……"

我们浸在山间的白雾里，空气中飘着浓烈的草木之气。这是大城市闻不到的气味，我感觉整个身心得到了润泽，脚步也轻快起来。

"这座山很险峻，有好多处悬崖，一定得小心脚下。"

"什么都看不清，走慢点吧。"

迷魂台是设在一处悬崖边的观景台，那暗绿色的万丈深渊总在我头脑里闪现，的确是个迷幻的所在。但是这一次，大概是在雾里走错了路，我们怎么也找不到迷魂台。

"有什么标志吗？"

"我记得有一块大石头，上面刻着'迷魂台'三个字。"

"那边有个观景台，是不是那儿？"

我们走过去，没有大石头，也看不到任何指示牌。我们收起伞，小心翼翼地靠近观景台边缘，那里虽然有一道护栏，但是很矮。阴冷的山风扑面而来，四周隐约回荡着呜呜的声响。我有些恐高，她似乎并不怕，只是为了配合我才放缓脚步。

"不是这里，不过很像。"我朝雾霭笼罩的幽谷张望，又向对面奇崛的山峰看去。

"可能每一处都差不多，都挺迷魂的。"

"听说迷魂台那里老有人跳崖。"

"原来是自杀圣地，难怪你那么感兴趣。"

我们在这个无名的观景台伫立良久，我感到有些茫然。这时，雾气忽而消散了，山中气象说变就变，一道日光直贯而下。我看见，她把攥在手里的什么东西轻轻抛了下去，那是个小物件，在空中闪了闪便消失了。

狮　面

我时常感到不安。

周围人不断施压,想让我达成他们的愿望,我却无能为力。在此重压下,我的内心即将坍塌。他们的不满时时浮现在脸上,刚见面隐约还有笑容,还有缓和的余地,但很快五官便会收紧,眉头紧锁,焦躁、暴戾。稍远处的人群也一样,为了他们各自认定的事争执不休,彼此仇视。

我的不安逐渐化为忿恨,扭曲了面孔。我想躲开他们,便避入荒野,长久漫步在草木乱石之间。我想象有朝一日能彻底离开这个吵扰不休的世界,却不能下定决心。我仍属于人群,与之决裂将置我于死地,最终我还是要去面对极难承受的困厄。认清这一点,我感到自己就要疯了。

一天,我躺在一片枯草地上睡着了。我梦见自己悬浮在半空中,下面是幽暗的静海。后来,海水像油一般燃烧起来。我微闭双目,感到四外是漫无边际的光明,蔓延海平面的火焰像一头金发在飘荡。不知过了多久,海水燃尽了,我步入一片白垩色谷地,天空仿佛布满钻石,闪动着冷硬的光芒。

我醒了。也就在此时,空中出现了那个东西——圆柱体,它看上去是金属的,有时横着与地面平行,有时立着与地面垂直。其他人也发现了它,久久地注视着。当人们终因脖颈疲劳垂下头时,我仍在观望这个怪物,它在我眼中旋转起来,越转越快,化为一只黑色的轮子。没人能说出那是什么。战斗机群起飞,向它冲去,但它像是幻影,并无实体,无从打击。

气温骤降,飓风袭来,一阵比一阵猛烈。接着,狮子便被从天空投放下来,数以千万计的狮子撒落在地面——城市、乡野、平原、沼泽、森林、沙漠、山地,遍布每一角落。人们猝不及防,遭到狮群袭击,伤亡惨重。全世界的军队紧急动员,发起反攻,但各式武器都无法对空中的圆柱体造成丝毫损伤,人们只能全力杀戮从天而降的狮子。

有人乘船躲到海上,但狮子也雨点般坠向海面,落在船上、岛上,或直接落入海里。在海中它们无法存活,被淹死,被海兽、大鱼吞食。以狮子为食,激发了变异,海中生出数不尽的异兽。

人类的弹药全部用来消灭狮子。飓风一次次刮起,狮子斩杀不绝,但被强大的火力一步步击退。军队夺回了城市,人们迅速在城市上空铸起防护罩,各处的人便退入这些坚固的巢穴。

发达城市,防护罩是密闭的,拥有内部光源和换气系统,尽管狮群已爬满城体外壳,城内的人却看不见狮子的踪影,听不到它们的吼声,闻不到它们的腥臭。但这些城市人口过于密集,人与人挤在一起,彼此厌憎,一张张愠怒的人脸仿佛随时会崩裂,露出其后狞厉的狮面。幸好此时人们挖开大地,建成了地下铁路网。乘坐地下列车便可抵达世界各处的城市。

边远小城的防护罩只是简陋的巨型金属罩,布满孔隙。金属罩会定时通电,而这也只能起到最基本的防护作用。但是,这种地方人烟稀少,对我很有吸引力。

我搭乘地下列车去往最偏僻的小城市。列车拥挤不堪,每个人都拼命对抗着周围人造成的压力。在绝望中,人仍能唤起一种力量——仇恨的力量。哀号、咒骂响成一片。有人被挤得屎尿横流,臭气熏天。有人被挤断骨头,垮掉了,失去了呼吸。

随着列车向边远地带行驶,下车的人多了,汹涌的人肉旋涡渐渐失去力道。最后,车厢里只剩下我和另外几个人。

我斜倚在座椅上,喘息着,将目光投向车厢内的悬屏,此时正播放一个对谈节目。画面中是三位专家和一位漂亮的女主持人,他们聊的仍然是那个老话题,天上那个东西是什么,它为什么要把这么多狮子投放在地球上？

专家A一直在强调，空降的狮子与地球上的狮子从生物学的角度看，没有任何本质差异，它们交配可以产出正常的小狮子。这说明，空降狮子并不是来自外星的另一种生物。专家B想要显示自己的想象力，他不断提出各式猜想：狮子是外星人的武器？狮子是狮子星球的居民被转移到了这里，只为腾空那个星球？狮子是地球狮子的复制品，天空中的东西是一架出了故障的狮子复制机……专家C忧心忡忡，他提醒大家，所有这些猜想丝毫不能阻碍那个东西继续运转，狮子继续增多。陆地上的走兽已被狮子吃光，植物也被摧残殆尽。现在，饥饿的狮子开始自相残杀，彼此吞噬，幸存者更为凶残。女主持人聆听着三位专家的高见，沉默不语，保持着神秘的微笑。

终点站到了，我重又回到地面。上空是乌黑的巨型金属罩，狮子的身影遍布其上，它们低头向罩内观望，焦躁地来回踱步，时而相互撕咬，滚作一团，粪尿劈头盖脸砸落下来。狮群积聚成了一层不断爆发咆哮的霾，整座城市黯然无光。

我找到一份开运输车的工作，按照要求，我们在城中搜集尚有价值的无主物资，运送至车站入口处。物资将被输往人口稠密的地区。

城区肮脏破败，没有像样的居所。我开车四处转悠，寻找安身之处，终于在城市边缘发现一座废弃的古园。园内树木参天，枝叶遮挡住了渗漏下来的排泄物。我躲入其间一座大半已成废墟的宫苑，穿过一进又一进院落，直至最幽深处。

但我无法得到安宁，因为金属罩插入大地之处距离这里不远，庞大的狮群就在数百米外活动，吼声震耳欲聋。夜间，我关上一道道门扉，缩在一个还算完整的隔间内，却仍会被狮子发出的强音震得发慌。

一天凌晨，出于好奇与失眠造成的狂乱，我向金属罩走去。透过水泥色雾霭，我看到了群狮的身影，腥臭之气扑面而至，它们也嗅到了我的气味，躁动起来，朝金属罩猛扑狠咬，尖牙利爪在金属上发出刺耳的剐蹭声。我继续靠近，眼前狮子的数量迅速增加，形成一堵躁狂跃动的狮墙，一双双黄褐色的眼睛在雾障后瞪视着我。

我登上古园中一座小山，想透一口气，但金属罩上方已然爬满狮子。我等待着。金属罩通电了。一瞬间，强光在我瞳孔上打下了白斑。视觉恢复时，上方已展现出死寂的蓝天，大地上则是密密麻麻、绵绵无绝的狮面，一排排一片片，一齐咆哮着。不久刮起了强风，仿佛一头无形的巨狮在空中撕扯什么。接着，新一批狮子降临了。

本以为这样的日子不会有尽头，但有一天，在地下车站的入口处，我看到一群人聚集在悬屏下紧张地观看着。原来是在播报一则讯息：科学家发明出了两种极厉害的武器，我们即将向狮子发动全面反攻。这两种武器是病毒X与细菌Y。病毒X会在狮群中传播,感染者将发疯旋即死去。细菌Y则能以极快的速度分解狮子的尸体。

不久,我便看到狮子纷纷发狂、耗竭。临死,它们的面相竟变得酷似老人,眼中饱含哀悔与痛楚。狮子的尸体在腐败时开出粉红色的花,花在风中摇颤,散发出浓重的血腥气。花瓣凋零后,尸体将化为一堆白色的粉末。

狮子仍在一批批降临,而死亡几乎同时落在它们身上,飓风将狮子的骨尘卷上高空,汇聚为一层蜡白色的云。面对狮子灭亡的景象,人们却无法生出胜利的喜悦。

那时我又做了一个怪梦,我梦见一头小狮子,比猫大不了多少,围着我蹦蹦跳跳。我走到一片开阔的草地上,躺下来,眯起眼睛。小狮子用头拱我的胳膊,蹭来蹭去。我用手轻轻抚摸它的头,感觉到它的呼吸和体温。它安静下来,紧贴着我趴下,蜷起身子,像个孩子一样睡了。

石头与蝙蝠

就这样坠入一口深井,仰面下落中,借着月光,我估测井口的直径大约有五米。

我的内心并无丝毫慌乱,我可以射出飞爪,钩住井沿,只需几秒钟便可返回地面。但我没这么做,只是微微张开披风,减缓下降的速度,让身体被阴风裹挟着。最后,我采用了一项古老的技艺——召唤蝙蝠。成群的蝙蝠盘旋向上,轻轻将我托住,缓缓向下飞,我仿佛躺在一片毛茸茸的乌云上,安然着陆。

井底通向一片漆黑的宽广空间,散发着石灰浆的气味,俨然是一座古旧的迷宫。我只能跟随一群蝙蝠向前摸索。不知过了多久,来到一间大客厅。我站在那里静等,知道有什么东西即将从相邻的房间走出来。那正是我要见的人。果然,他们出现了,一道来源不明的苍白柔光让我得以看清他们的面貌。那是两位老人，他们通体覆盖着灰色茸毛，这些茸毛又仿佛厚厚的灰尘，再仔细看，那其实是由众多蝙蝠叠覆而成的衣衫。他们的面孔裸露在外，那副模样使人觉得他们已经有几百岁，甚至几千岁了。那一刻，我的脑海中浮出了他们的尊号："蝙蝠元祖"。

那个苍老的男性，也就是蝙蝠元祖中的雄性，张开双臂欢迎我。陪伴在他身边的老夫人露出微笑，矜持而安静。我向他们点头致意。一大群蝙蝠飞来，以身体在客厅中堆构出三只沙发。我们坐进了蝙蝠沙发里。

"蝙蝠侠，这次请你来是要向你揭露一个阴谋，霍耐特博士的新阴谋，一个巨大的阴谋。"蝙蝠元祖先生说。他的声音洪亮，说话时脸上泛着红光。我注意到，他把"阴谋"这个词连续使用了三次，当他提到"霍耐特博士"时，似乎假定这是我很熟悉的对手，实际上，我闻所未闻。

"什么阴谋？"我问，带着一丝懒散。每天我都会听人向我讲述各式各样的阴谋。每个阴谋都像一个故事，而我的职责就是让它们停留在故事阶段。

"我们不清楚他将如何实施这个阴谋，也不知道他出于什么目的这么做，我只能讲述阴谋实现后会怎样，是否有必要阻止他，由你判断。"

"我明白。但您是怎么了解到这件事的？"

他回头看了一眼，仿佛在提防什么人，然后压低声音告诉我，是通过蝙蝠。他请求用蝙蝠语继续讲述，这有利于保密。我表示同意。

他看看自己的妻子，说："如果我有遗漏，亲爱的，请你补充好吗？"

"好，快开始吧，老头子。"夫人说话了，话音像是出自一位少女之口——

霍耐特博士是个怪人，五十二岁，单身，混迹于一些亚文化圈子，总是戴着假发套和一副墨镜，说话喜欢多种语言混用，常在外出途中打瞌睡，自幼爱好各式枪械，但没有犯罪记录。他还有个爱好是收藏石头，据说他的石头藏品可以堆成一座胡夫金字塔。他最常讲的一句话是："要是我能混进石头的圈子就好了。"这些都不重要，还是让我们谈他的阴谋。

假如他的阴谋实现，简单说，当我们需要某个人或是某样东西时，那个人或东西就会被石头裹住。你想吃个苹果，在你去拿的时候，它会被石头裹起来，从外观看，就像一个石头苹果。

你得随身携带一把锤子，以适当的力度敲击那层石壳，石壳碎裂后，你就可以取出苹果食用。但当你需要锤子，它也会被石头裹住。总之，你得用石头敲石头。

对一样东西的欲求越强，包裹它的石头就越坚硬。所以，想用厕所得抓紧。（夫人补充说。）

但是，阳光、水和空气不会被石头裹住，它们太"自然"了，还有，一个人的身体，不会由于自己的需要被石头裹住，说我需要我的手、我的眼，那只是文字游戏。

一个对象越是宏观、抽象，就越不容易被石头裹住，譬如地球，譬如时间、空间、声音、自然数。

还有，假如你需要一块石头，它不会再被石头包裹，不会出现一块层层包裹一直长到无限大的石头。（夫人补充说。）

当某人被其他人需要时，石头会从他的背部开始漫延，仿佛被一个冰冷的人从背后抱住，死死抱住，渐渐僵化，完全成为一尊石像。人会陷入假死状态，一切欲求止息，也许还会做梦，但一定是那种不含欲求的梦。

现在出现一个难题，要是我和妻子约会，我们彼此需要，就会同时被石头裹住，谁来解救我们？

霍耐特不想让人们永远受困，他只想为生活增添一点麻烦，或许他将之视为一种趣味。我们被石头裹住时，欲求便会止息，于是裹住对方的石壳将自行剥落。她对我的欲求止息了，我就会从石头中解放出来，这时我又开始需要她，包裹她的石壳便停止剥落，我将找到她，把她解救出来。

同样，假如我们放任一个对象被石头裹着，表明已经不再需要它,包裹它的石壳也会自行剥落。

一个对象被石头裹住一次之后,在一段时间内不会再被裹住,但这段时间不确定,可能是一年、一个月、一星期,也可能只有几分钟,甚至更短。

动物的欲求会不会产生相同作用,蝙蝠会不会让漫天飞舞的蚊子一只只被石头裹住?我们还不清楚。(夫人补充说。)

可想而知,阴谋实现后,石头的碎屑将遍布世界。人们会把石屑堆积起来,堆成一座非常高的山。

我们不知道你是否该去阻止他,因为被石头裹住,可以中止衰老,延长寿命。

但是延长的部分是在假死中度过的。(夫人补充说。)

一定会有人迷恋被石头裹住的感觉,欲望息止后的清凉、宁静,石壳破碎后的复苏与自由。还有那些从来不被需要的人,他们的孤独能够换来一份轻松。

这个阴谋对于好人和恶人同等有效,一个匪徒掏出枪,枪会被石头裹住。这会不会帮到你呢,蝙蝠侠?

讲完霍耐特博士的阴谋,一串串蝙蝠语仿佛仍在空中回旋,我们陷在毛茸茸的蝙蝠沙发中,静默良久。我必须表态,但嘴巴像石化了,怎么也张不开。

一只丑陋的、身形有狗那么大的蝙蝠为我衔来一张卡片,那上面用红墨水写着霍耐特实验室的地址。"我会去查……"终于，我吐出了这几个字。

我们站起来，蝙蝠沙发解散、飞离，接着，更多的蝙蝠飞起来。它们方才构成一道屏障，当它们全部飞走，客厅的落地玻璃展露出来，外面是一片白色沙滩，稍远处是海，朝霞向灰茫茫的海面投下一片殷红。此刻我才想到，方才那个井口是位于一座高山之巅，现在我们并非身处地下，而是在平地上。

窗外玫瑰色的光越来越强，我眯起双眼，看到蝙蝠元祖夫妇的面孔被映红了，他们的眼睛没有瞳仁，是四枚白色的球体。

当天下午，我来到一座小城的广场上，坐在一处露天咖啡座等火车。这时我已换上一身便装。一群群白鸽差不多覆盖了整座广场，不远处传来悠扬的钟声，一阵一阵，响个不停，仿佛有个闹钟正在另一时空催促我醒来。在我旁边，几个大学生围绕一张圆桌坐着，他们眉飞色舞地谈论着音乐，不时提到舒伯特、巴赫、勃拉姆斯……我感到疲惫不堪，像被石头填满了身体。我将胳膊肘支在桌面上，把脸深埋在抚摸过蝙蝠的手掌里。

当我抬起头时，天色冷灰，空气中充斥尘土和雨的味道。钟声停了，来源不明的噪声取代了它，像有一颗石头心脏在跳动。雪白的鸽群中掺杂了零星的蝙蝠,那张圆桌旁已空无一人,而那些恶棍的面孔开始轮番在我脑中闪现。

火车进站了,我将于深夜抵达哥谭。

耳　语

夜晚，当我独自坐在客厅沙发上，常会陷入极度疲惫。眼睛的疲劳已算不上什么，最可怕的是耳朵的疲劳，这种疲劳会带来怪异的听觉体验。

一个人在梦中可以被某种声音唤醒，视觉的幻象随之破除，但是声音本身却难以被突破。我们看到某一影像，通过触摸的尝试，就可以验证其是真是幻，但幻听却难以判定。我们似乎是生存于声音的牢笼之中。

耳朵的疲劳让我产生一种幻觉，总有个人贴在我耳边说着什么。

我怀疑我所住的房间里还有其他人。每天醒来我都会给床铺拍照，当我长时间离开房间再返回时，我会比对照片和床铺，看看那些褶皱是否发生过细微变化。

但是，我更细心去听时，又感到并没有另一个人，而是耳朵本身在说话，有时是左耳，有时是右耳。还有的时候，仿佛它们在交谈。

这些臆想也许完全出自我的虚弱，如果我有更为强健的神经，那么一切幻象将自行消失。

这一次，在这个安静的夜晚，我坐在客厅的沙发上，又听到一个声音，但不是在我耳畔响起的，不是幻觉，它来自楼下的花园。

我所住的小区，花园绿化得很好。在夏日，将窗帘扒开一道缝隙，从楼上俯瞰花园，竟会产生俯瞰一小片森林的错觉。

我住在二十一层，那个声音很微弱，听不太清。我闭上眼睛，静下来，深吸气，努力倾听。于是声音放大了，一字一句变得格外清晰。那是个男人的声音，他是在打电话还是在自言自语？他是不是已经陷入了疯狂？我不知在倾听过程中是否加入了自己的想象，是否幻觉渐渐侵入了真实……

"我是狼人，平时和普通人没什么两样，一到月圆之夜便化身为狼。小时候，我为此感到苦恼，因为这导致彻底的孤独，但是成人后，我发现了变身的妙用。有一天，我结识了一位住在郊外山区的猎人，他后来成了我生意上的伙伴。此人头脑精明，心狠手辣，我有一种直觉，他曾经杀过人。

"每当月圆前夕，猎人会将我带入他在深山中的小屋，屋顶开有一扇天窗，可以看到月亮。我脱下衣服，他用铁链将我捆绑结实。一俟我化身为狼,他立即动手剥我的皮。那是一层狼皮,剥下它对于作为人的我而言不会造成根本伤害,只是剥皮的过程很疼。

"奇妙的是,当疼痛剧烈到一定程度,就会变得虚幻,就像快乐到极点,你也会怀疑是不是在做梦。现实感一旦削弱,痛苦也随之减弱了。这像是某种自我保护机制。

"皮被剥下后,我的样子有点吓人,但不用管我,等到太阳初升,我会渐渐好起来,恢复人的样貌,没有伤痕,只是有些虚弱。我会在猎人家住上两周。他腾出了一个宽敞、整洁的房间供我静休,一日三餐都是有营养的野味。

"我的皮在黑市很紧俏,它不同于普通的狼皮,被视为珍稀的高档货,每张都能卖个大价钱。猎户将货脱手后,与我五五分账。这笔钱数目可观,去年我用攒下的钱买下了市区的一处房产。

"在山区休养两星期后,我会坐上长途车返回我的居所,在白天我也会拉上窗帘,亮着灯,让自己沉浸在封闭的氛围中。唯一令我苦恼的是,我始终都很虚弱。"

楼下那个人讲到这里便停住了。外界恢复了寂静。不知楼上其他人是否听到了这个可笑的故事,这让我感到不安。我跑到窗前,将窗帘扒开一道缝隙,向下张望,花园隐伏在夜色中,只能看到巨大树冠的轮廓。

犹豫片刻,我穿好外衣,拉开房门走出去。电梯坏了,我顺着回旋的楼梯从二十一层一口气跑到一层,走出楼,走入花园。

那里没有人,我侧耳细听,却只听到自己的喘息。但那个人不会走远,我快步穿过花园,追出小区。小区门前是一条河,向河畔道路两边张望都看不见人影,那么他一定已经过桥去了。我知道在河对岸也有一个与我家小区相似的小区,里面也有一座花园。

我走到桥头时,再次陷入犹疑,我已无力追到对岸去。

河边,一长排路灯正发出微弱的白光,仿佛一个个虚弱的生命向虚幻的远处延伸。在夜间看去,河水显得比白昼时深。月亮快要圆了。

突然,我听见一声凄厉的嗥叫,它像是从对岸遥远的地方传来,却又像从我耳内发出的。我的两个耳孔就像两座洞穴,一座住着那个虚弱的狼人,另一座住着同样虚弱的我自己。

时　骸

说实话,没想到会有记者来采访我。我已经很久没见过活生生的同类了。

为什么?您是在这么重要又这么神秘的岗位上……

可能并不像你想象的,但也不妨聊聊,从哪儿开始呢?

先讲讲您是如何取得这一职位的吧。

因为我的一篇论文。

可以大致介绍一下内容吗?

好吧，我试着用浅显直接的语言跟你讲一下。那篇论文主要阐述了这样一个观点：一件事是发生了一次、两次，还是许多次，是相对的。一件事发生的次数要根据它所留下的痕迹来确定，我们可将世界想象为一台打卡器，事件的发生只有相对于这台打卡器才有所谓一次、两次、许多次。但是打卡器本身，也就是世界整体，作为一个巨大的事件，它究竟发生了几次？有没有可能所有发生的事都已经发生过两次、三次、许多次？这都是伪问题。世界本身无所谓发生了多少次。所以，世界的每一部分，从一种绝对的意义上说，也无所谓发生了多少次。

奇特的想法。

但没有实际意义，作为一个哲学家，要是没有某种危险思想，那他就是微不足道的，差不多等于零，所以他们才分配给我这项工作。

好吧。接下来，我想问一个很多人感兴趣的问题，这个哨所平时是如何运转的，它又是怎样狙击时间旅行者的？

嗯，现在正好有个机会让你看一下全过程。看到这个显示器了吗？上面这组发绿光的数字2917—1796，这表示有人正从2917年向1796年移动。你过来，把眼睛对准这个小孔……对，就这样。看到什么？

一张脸，很兴奋，都扭曲了，有点迷醉，像……

像达到了性高潮。没错，那就是时间机器的驾驶者，进行时间旅行的人都是这副模样。

为什么会这样？

鬼知道，不过时间旅行肯定跟性有着某种奇妙的关联。

不可思议。

现在看屏幕。这片灰色上的那个白点看到了吗，还在动。注意看，别走神儿……闪了一下，看到没？白点没了。那架时间机器已经被干掉了。显示器上的数字消失了。现在你再过来，从小孔看。

好。

死了吧?

死了!

就这么简单。屏幕上的影像本该是白色,这片灰色其实是大量时间机器的残骸堆积出来的。可以想见我们干掉了多少时间旅行者。现在不是旺季,旺季的时候,显示器上会布满绿色数字,这架机器会疯狂扫射那些旅行者,他们就像扑向时间的一大群苍蝇。

可为什么要杀死他们?

这是两百年前的一项立法,那时的人类下达了对时间旅行者的格杀令,他们认定时间旅行是一种乱伦行为。这也是人类社会公布的最后一项法令。

这对过去的人不公平,他们并不知道有这项立法,除非他们能做时间旅行。

这项立法被延迟了150年才正式生效。那时,对于执行法令的人而言,不知道这项立法的人都已经是死人了,杀死死人，等于什么也没杀，对吗？历史在1806年就终结了，而时间之河还在流淌，直到一千年后才有了时间旅行的可能，但所有进行这一尝试的人全部死于距今两百年前的那项立法。这就是狙杀时间旅行者简史。

我大概明白了。那么您本人如何看待时间旅行这件事？

我想我们最好本分地待在"现在"。但什么是"现在"？我常常想，"现在"只是一个瞬间，我们的感官根本无法抓住它，"现在"被说成是最真切的，但又逸出经验，那么我们就是立身于一个超验的点上。而"过去"，意味着你已经失去的。那"未来"呢？假如你还能活一秒钟，此刻你拥有未来吗？没有。如果还能活一分钟呢？还是没有。如果还有一小时呢，是否就可以说你拥有未来？其实仍然没有未来。一天、一个月、一年、十年、一百年，可能让你逐步建立起拥有未来的幻觉。如果一个人死于1763年，那么1753年的时候他拥有未来吗？他的确还可以活一段时间，但那不是未来。只要终有一死，就没有未来。只要没有无限的未来，那么从一开始未来就不存在。

我相信不久之后，我们人类就可以实现永生。

事实上，使人永生的技术已经被开发出来了，但一直被禁用。

是这样？！为什么？！

说来话长，曾经有过一个案例。事情发生在2018年，大概经过是这样的：有个人得了失眠症，每天夜里都反复折腾，起夜，检查丢没丢钱包、钥匙，水管拧没拧紧，煤气关没关好，然后再躺下，可心里总也不踏实，辗转反侧，总之没法入睡。有一天，他下定决心，即使睡不着也要好好躺着，无论心里多烦也不睁眼。那天晚上从十一点上床开始，他就坚持静卧不动，双眼紧闭。后来据他自己讲，他自始至终都没有睡着，他靠意志力克服了一次次睁眼起身的冲动，感觉就像一个牛仔骑在暴躁的公牛背上，竭尽全力不被甩下来，多维持一秒都很艰难，最后他实在没法承受了，一骨碌从床上坐起来。但是眼前的景象把他弄糊涂了，他不是在自家卧室里，而是到了一间病房。他的家人和两个穿白大褂的人正盯着他。平静下来之后，他们才告诉这个人，他已经昏迷快一年了。

这能说明什么？

从那时起，有人开始研究"时间错觉"的问题，也就是时间与时间体验的分离。到了2571年，科学家已经掌握了永生方法，但是这些谨慎的人先做了一项实验，他们找到一位自愿受试者，人为改变了他的时间体验，在他的时间错觉世界里，他获得了永生。当在错觉中活了大约三万四千年的时候，他开始丧失时间感，又过去两千多年，时间感彻底消失，于是时间错觉也自然破除了。他醒了，但是时间体验再也没有恢复，他相当于死了。这就说明，假使我们真的获得永生，我们的时间体验就会丧失，即使我们拥有未来，最后也会失去对未来的感知。

听了您讲的这些，我忽然开始怀疑，时间真的存在吗？

"时间"的观念开始于我们把两个不同的东西看成同一个东西，一棵枝繁叶茂的树和一棵光秃秃的树，我们认定它们是同一棵树，于是就有了"变化"的观念，接着就有了"时间"的观念，夏去秋来，树叶落了。时间被切分，一直切分到瞬间，各个瞬间是平等的，只是记忆，生命的内涵，不均匀地分布在这些瞬间上，我们这才区分了先后。这也是时间旅行的基础。我们不能说时间不存在，"时间"是一项设定，不是我们的选择。设定先于认识，认识先于怀疑，怀疑先于论证。

那么您是一个悲观主义者吗?

并不是。因为还有另一个设定,就是在"我"之外有一个世界存在。这个世界没有我,还会继续运转,它可以与我完全无关。这让我感到欣慰,并看到希望。

不太理解您的感受。但世界也有终结的时刻吧?

那已经与"我"无关了。给我安慰的并不是世界的永恒,而是它可以与我毫无关系,这正是对我的救赎。

还是不懂。

没关系,我的想法毫无意义。

可不可以问个私人问题,您结婚了吗,或者,有女朋友吗?

没有,我还是个处男。

明白了。

咱们休息一会儿，来点雾吗？

好吧，给我来一听雾。恕我直言，我看您一直在吸雾，就不怕迷糊了，放跑某个时间旅行者吗？

没有雾我一分钟也活不下去。况且这个哨所是全自动的，是机器在工作，我不起任何作用。

那为什么要安排您在这里守着？

因为我不起任何作用。假如我在这里发挥了某种作用，哪怕是最微不足道的作用，就说明机器出了故障。在机器正常运转的情况下，我无从介入。如果我介入了，机器的自卫系统会立即杀死我，并以此警示我的上级，它出了问题，需要修理。

像小白鼠。

是的。

但再一想,您还是起到了……

别说出来!

脱缰之马

我摊开双手,长时间站在那儿,只为得到一个细节。由于等待过于漫长,我的双脚和地面有了距离,我的眼前出现一块玻璃,于是,我透过玻璃眺望附近的街市。不知为什么,它令我想到耶路撒冷寒冷的清晨。

我在那座疯人院的围墙外也是如此等待的。除了我,还有其他人,我们一起等待,等待老疯子出院。等待没能变成一架梯子,我也没能窥见围墙内发生的事件,只感到它弥漫着疯狂,但是缺少细节。我抬起头,发现一只面容安详的白猫正在疯人院的墙头睡觉。

正午时分,老疯子出来了,我们把他抓住。在抓住他之前,我们跑了一会儿,老疯子跑得很快,但他还未恢复体力。他需要我们帮他复原。在这之后,我们中的一个人打了他,让他老实点儿。他受到惊吓,说了一堆胡话。"他说胡话的时候,嘴角泛着白沫，这沫子是他疯癫的证据。"我们得意地把他架上租来的客车。

他瘦削的身材、黑破的袍子、花白的胡须、蓬乱的头发，暗示着他是个先知、受迫害者、流亡者等等。"我写诗，也写小说，还写剧本，我主要的工作是研究马、马的速度、马的象征……"他低语着。

我们把他带到一片静谧的居民区，让他站在那儿。我们都可以感受到这里的生活气氛，这种久违的平静令我们惆怅。我注意到两个老人在聊天，他们讲的也许是些无关痛痒的事情，但他们的姿态，总像是在相互安慰。老疯子站在那儿，浑身颤抖。"他是害怕，还是无法控制内在的力量？"

他的身体已被冰凌压弯，再也无法跑起来了，就像稻草人一样无法奔跑。但我望见自己的脑海里，一个失去面孔的稻草人正轻松跑过田野，跑向一片明亮的向日葵。也许太轻太松了，他体内的稻草被抛向天空，轻飘飘地飞走了。

他开始啜泣，他那无法抑制的力正把他大脑中的水分从眼睛里挤出来。居民们围拢过来。他们呆滞地看看老疯子，又看看我们。"现在，告别你的族人！"我们对老疯子说，然后来回推搡他。"再见！"他对人群说，这是他向一种臃肿、舒适的生活方式的告别。我们强迫他鞠躬，他必须感谢人们。他的身体已然僵直，所以只能平平地趴伏在地，向人群致敬。他用额头撞击地面,发出铿锵有力的"咚咚"声。"这样可以了吗?!"他忽然怒吼。我们把他摁住,捆起来,带回车里。

路上,我回忆着刚才的情景,在老疯子趴在地上时,一只蜗牛正在离他不远处缓缓爬行。它就像我等待已久的细节的象征,我在焦灼中想要把它踩碎。这时,老疯子发出了怒吼,我看见,它的两只眼睛(触角)一下伸长了。

"蜗牛是一种能在时间中迁徙的小动物,缓慢是蒙蔽人心的假象。"

我们来到市场上,我们,还有老疯子。我,还有他们。一个小男孩把菜篮子顶在头上,急匆匆穿过闹市。孩子撞到老疯子,倒退了几步。他抬头观察这个高大的老怪物,本能令他撒腿就跑,他的篮子丢在地上,我们听到他的哭声从远处的喧嚣中传来。

为了惩罚老疯子,我们命令他原地转圈儿。我们中的一个,掏出皮鞭抽打他。他越转越快,活像个大陀螺,他愉快地转着,还模仿驴叫。

"这里的钱币都带着鱼腥味。"老疯子说。

"屠夫、眼泪、肥皂、鲜花,"老疯子说,"那么,永别了!"说完,他跪下,没人强迫,他的双膝已能打弯。

"在别人眼里,我们是什么?"他们问。

"可能是些长着白色羊头的怪鱼。"我说。

他在借机活动，好让自己尽早恢复灵活性，好摆脱我们的纠缠和虐待。我们知道，他曾是个不错的商人，足够精明。他爱上了赛马，并经历了幻象，他疯了，他的体内涌动着一股神秘莫测的力量。

"谁不是命运牵动的傀儡？！一只螃蟹徒然向天举起双螯，如是发问。"老疯子笑着说。

在电影院里，我们注视着大屏幕，被太空的影像迷惑，感到自己很渺小。影片记述的是老疯子的遭遇，采用倒叙的手法：一位老人的回忆，弥留之际，回光返照中的一瞥。他曾是个精明的商人，爱上了赛马，他发现了一个秘密——当马的速度足够快时，它们就会显现出人类的面容，速度越快，这种面容越是清晰。但是，在马即将成为人的一刻，它也就失去了一匹马的速度，于是又飞速退化为一匹马——没有肉眼能捕捉那一瞬间，机器也不行。他曾扛着摄像机在跑马场飞奔，他是靠直觉发现这个秘密的，他没有为自己的理论辩护的余地。"死者的灵魂，"他说，"在马的身体里，依靠极快的速度，可以在一刹那往返于地狱和人间。"他把自己的理论称为"人-马相对论"。

反过来，人也有可能依靠速度化身为马，这匹马将超越人世的局限，抵达幻境。

他被马灵附体。这是一部神秘的电影。

影片放映将近中点，老疯子从黑暗中蹿了出来，提前向观众谢幕。背景音乐中夹杂着犬吠、马的嘶鸣和海的呼啸。"再见，永别了，电影、电影院、剧院、女歌剧演员、扇子、香水、白蝴蝶结。"

我们再一次抓住他，这次似乎很真实，不再是一段幻影，不再是他那倒霉的回忆。"你让我们当了回自己的观众，我们是不是应该感谢你？"我们说着，一起殴打老疯子。他只是笑，他脑中的水分已被榨干，现在他只会笑，笑得很癫狂。

我们累了，于是拥抱他，跪在他脚边哭泣、忏悔。我有点厌倦了这套把戏，独自走到影院外的广场上，坐在阴影里，寻找"细节"。这片阴影，仿佛从太空投下的一片墨迹。我看了一眼时间。我的手表表盘上有一道极细的裂纹，这算不算细节？那么，一个人从上衣口袋掏出恋人的照片，紧接着他就为自己如此草率地掏出这张照片而感到不安，这瞬时掠过心头的不安，算不算细节？

耶路撒冷有没有钟声？但一定会有小型钟表轻微的声响。神经质的节奏。

他们把我叫上车，告诉我，我一下变老了。我们要带老疯子去郊区的洞穴，那将是最后一站。将来很快成了现在，一点耐心也没有。这或许是因为，"疯"这个字是由风和疾病构成的，它们都迅疾、致命、没有形象，它们通过被其影响、带离或毁灭的事物显形。我们就是这样被带到目的地的,是我们带着老疯子,还是他带着我们,已不再重要。

"神秘诗、癫痫症、通灵术、荒诞剧、宗教迷狂,永别了。"在洞穴深处,老疯子念叨着,他的背绷紧了,双眼从浑浊到明澈,那匹马正在他的盲肠里复活。盲肠是它的马场。我们点燃一根长蜡,在烛光中,隐约可见老疯子的火葬。可老疯子并不清楚自己的宿命,他的身体复原了,他要跑了。我们再次把他捆住。可我们都有些累,想早点结束游戏,回家洗个澡,出门用晚餐。几分钟后,当他逃跑的时候,我想,他大概就是趁这个机会把手腕上的绳索放在蜡烛上烧断的。

"我们本应把他运到遥远的星星上去,挖一个洞,把他的骨灰埋进去……然而,我们目前还在星空下,听蛐蛐的叫声。"我喊着。

狭长深邃的洞穴,遍布蝙蝠屎、骷髅骿、海洋植物的化石。我们走出来,我逐渐远离他们,观看他们给老疯子摄像。这是影片的一部分。采集细节。我无法忘记使命。他们嘲弄他,欺侮他,围着他转圈。他们被染上了疯病,不久之后会更严重。

正如预言中说的,他轻松抖落了身上的绳索,跑了起来。我们迅速扑过去,但是晚了。左脚,之后右脚,一微米又一微米,每个动作都显示出刻意的完美,但当我们扑过去,他已是遥不可及。"缓慢是蒙蔽人心的假象。"

我们不死心,于是一路狂奔追上去,边追边喊出咒语。我们中的一个撞翻了路边卖水果的人,水果滚了一路,他的狗向我们咆哮。接下来,我们望见了希望,老疯子的逃亡之路被一片恐怖的黑色汪洋阻断了。我们笑了起来,向他逼近。我们的脚踩在沙滩上,留下古怪的印记和鳞片。他在绝望中哀号一声,猛然发力,向着大海冲去,汹涌的海潮急速向两边退却,海水分开了,露出一条笔直的道路,伸向海洋核心,与此同时,老疯子的速度达到了极限,那匹近乎抽象的马显形了,闪着白色的光,跳入海的裂缝。站在海边的人们产生了幻觉,以为海水正从两边升起,朝向天空流动。他们眺望老疯子消失,陷入惊异之中,而我却在观察那条海中通道。"为什么总要以奇迹收尾?"我暗想。

这时,我的目光捕捉到一个"细节",它对我形成难以形容的诱惑,我跑上去,想用双手好好检验一番。它仿佛一道年深日久却无法触及的伤口,或者只是老疯子的一道皱纹、一处疮疤、一声咳嗽。

"别追啦!快回来!"我身后的人们在呼喊,从远处看,他们就像一群鸟。我不想再抓老疯子了,我只希望获得(唤醒)一个"细节"。不过,细节意味着遗漏。我注定空手而归?我在海的缝隙里徘徊,高耸的海墙背后是万事万物的深渊。与影片结尾处所表现的情景相左,洋面合拢的速度极慢,并无(也无须)一丝狂暴。

海岸上的人们仍不愿离去,等到四周一片漆黑,涌上沙滩的海浪变得轻柔了,像一个梦中人均匀的呼吸,他们中的一个,将攥在手里的细节点燃,吃力地抛入了大海。

石　庭

我与一位熟人在静谧的寺院中悠然漫步。他头发蓬乱,面庞消瘦,形容举止却很洒脱。说是熟人,但我竟想不起他的名字。

我们沿一条回廊向前走,一座庭院映入眼帘。他像是用完了所有力气,颓然坐倒在木板铺就的廊道上,欣赏起眼前的景致来。

"龙安寺的枯山水果然名不虚传。"他说。

"你是第一次来?"

"是啊,你以前来过?"

"很久以前来过。古时候这里有棵垂枝樱,枯死后被砍掉了,那以后院中的石头才显露出它们本身的美感。"

"我记得井上靖写过一篇小文章,记述他和友人同游龙安寺的经历,他说这里一共有十四块石头。但一本介绍枯山水的书里,却说是十五块,难道井上靖数错了?"

"这也难怪,据说在庭院内,从任何角度看,都只能看到十四块,是特意这么设计的。没有身临其境的人却可以从书上轻易得知是十五块。"

我望向白砂铺就的静海,海上的石岛生着青苔。我忽然感到这些石头随时可能崩裂,它们的内部已然朽烂不堪。

"看它们多么稳固、安定。"他的感受竟与我相反,"与它们的真实相比,我倒觉得自己是在梦中。"

"这不可能。"我说。

"为什么?"

"假如你在做梦,你就不能说出'我在做梦'这句话,梦里的话不是真正的话。"

"嗯,你说的是'我在做梦'这句话,但无法证明我不是在做梦。"他说完,站起身,继续沿廊道前行,不知何故,他加快了脚步。

浮云遮住日头,天空暗下来。转眼庭院中只剩我一个人。环顾四面,皆是灰黑的长墙。

我醒了,看看墙上的挂表,已经是上午九点,但房中依然昏暗。拉开窗帘,外面在下雨。我走上阳台,潮气扑面而来。在雨中,桥头的那伽塑像格外醒目,桥下流淌着暹粒河水。骑摩托车的人,身披雨衣,在河边小道上飞驰而过。对岸是繁华的老市场。雨幕下,那边的景物一片模糊。

圣路易斯

外面雨声嘈杂,这雨已下了一整天。

"好时光要结束了。"

"其实一年前已经……"

那些动物园的解体与其说是由于经营不善,不如说是自然而然的结果。那股热情总有一天会消退,但似乎不只是热情。

"你为什么来圣路易斯?"

我是来学古罗马史的,关于恺撒我知道得不少,最具圣路易斯风格的一则逸闻是说,恺撒在埃及某处勘察地形,那是个晴朗的日子,他远远望见一片孤云,形状奇特,"那是什么?"他问。当地的向导告诉他,那是一只长着蓬松白羽的大鸟,身体非常轻,可以在空中轻松滑翔,很梦幻。

"圣路易斯风格,是啊,刚到这里的人会吓一跳,那么多动物、动物园,层出不穷、应有尽有。"

他离开座位走到窗口，雨水冲刷着玻璃，窗外霓虹在雨中闪烁，可以看到几匹斑马的影子从灯下闪过。接着，一道闪电划过，一阵闷雷，几声低吼。

这十年来，我在圣路易斯，就像是看了一部长达几万个小时的动物电影，即兴演奏的爵士乐构成它的背景音乐。身穿白色礼服的黑人，牵着大象的鼻子在市中心的小广场上跳舞。乐队、蟒蛇、月光、从密西西比河上吹来的凉风。

"有一个时期，我真的迷恋动物，我会连续几天在动物园漫游，赤鹿、红飞袋鼠、梅花雀、侏儒岛羚、美洲飞鼠、跳兔、僧面猴……这些幽灵一样的身影在那些精致的园林中时隐时现。那时候动物园提供免费住宿，如果你不嫌吵，可以睡在狮笼旁边。柔软舒适的床铺，干净、雄壮的狮子。现在，它们和我们都已流离失所。"

他本来就是四处漂泊的流浪汉，现在并不比从前更糟。"喝一杯吧。"烈酒的醇香融入浓重的热带气息之中。不过，这一夜有点冷，雨继续下，密西西比河高涨了。

"从什么时候开始衰败的？我们的动物园原本可以与拉斯维加斯的赌场媲美。"

"对动物的狂热并没有消退，人们甚至更狂热了，那些圣路易斯的老市民，如今变得像野兽一样，他们的身体也壮得不得了。满街都是超过两米高的彪形大汉。"

也许只是动物园的时代结束了，动物的时代刚拉开序幕，假如说这是衰败，一年前的"送外卖"活动兴许是它的先兆。谁想在自家的草坪上观赏随便什么动物，只要他愿意承担食物和路费，动物园就会把那种动物送上门。他就曾经当过动物园的司机。学习古罗马史，当出租车司机，为动物园开车接送各种被出租的动物，他的生活轨迹有些怪诞。他点燃一根烟，想起那种身体会缓慢燃烧的野马。

"后来管理越来越松懈，动物被留在了城市的各个角落。一不留神，它们就蹿到大街上，疯狂地跑啊跑，可能想跑出这座城市，也可能只是想跑，但这城市对它们有着巨大的引力，哪怕是一只鸟也无法飞离这里。"

很快，成千上万的动物涌上街头、广场、码头、赛车场、公墓、地铁、林荫大道、鲜花市场，随处可见飞禽走兽。

乐师在即兴演奏，但他才华不够，无法打动心不在焉的听众。在他背后，几只秃鹫静静地站在阴影里，仿佛在聆听。在门厅里挂着一幅描绘镜鹿的油画，但在画中看不到镜鹿，这种鹿的身体可以像镜子一样反光，所以总是隐身于周遭景色中。那是暮色下的草原，几株矮灌木微微摇动，你能看到几朵暗紫色的花在半空中悬浮着，它们正是被反射的幻影。这也许表明，一头镜鹿正在啃食灌木上的嫩叶。他注视着这一宁静的画面，感到自己正随着这座城市缓缓瓦解。

"还有什么留在我们的记忆里?"

"我还记得那座白色动物园,里面只有白色的动物,建筑也是白色的,还有那些洁白的沙砾,其余的似乎都只是空白了。"

我也曾想过经营一家动物园,在想象中,它就像是一座透明的玻璃迷宫。我只在里面展示一种动物——长颈鹿,十几头或几十头,这些优雅的瞭望者在林间漫步,花纹与疏影混成一片。

他摘下挂在衣帽架上的风衣,说了声"晚安",走出旋转的玻璃门。大雨如注,模糊了视野,一头湿淋淋的孟加拉虎正在不远处徘徊。

雨又持续下了一星期,密西西比河泛滥了。

"本来以为城市会被淹没,但圣路易斯的土地很快将积水吸光了,现在街上很干燥。那些淋过雨的动物,这会儿又在遭受暴晒,全都丧失了活力。"

它们的皮毛被漂白了,趴在街头的小水洼边苟延残喘。也许不久将暴发一场瘟疫。他一动不动地坐在窗口,自从风雨停息以来,他就感到自己像是个身处赤道无风带的重病号,一丁点力气也没有,内心渐趋衰颓。不过,在进入昏睡状态时,他能体验到一股热流在体内流窜。

"是地热,从前也来过地热,那是人们拼命修建动物园之前的事儿了……"年迈的房东太太抚摩着一只荒漠睡鼠，梦呓般的向他解释了一番。

"雨季总比旱季好。"城中的野兽变得狂躁起来。市政府似乎瘫痪了。

他梦见一头露脊鲸在海中游荡，掀起巨浪。它的身体散发着强热，能令海水沸腾，它在冰封的洋面下自如地穿梭，冰川底部被钻出一个个大洞，一转眼就融化了。

"发烧了？"他试了试表，体温正常，但明明是在发热。精神亢奋，头脑一片混乱。

一场黄色的迷雾散去，事情发生了转机，动物们重新活跃起来，但多少有些古怪，它们似乎迷失了本性。与此同时，又有大批野生动物成群结队涌入圣路易斯，它们也许来自那些未经开化的地带，野牛、角马、羚羊、山猪、大雁、乌鸦……城市的街巷被塞满了。

他忘了关窗户，当他从噩梦中醒来，发现房间里飞进了几十只渡鸦。它们迅猛、机械地啄食着屋中的各式物件，仿佛要把一切啄成粉末。他呆呆地望着它们，陷入麻痹状态。从窗缝钻入的渡鸦越来越多，它们在狭小的空间里扑棱着翅膀，黑羽毛落在他脸上，不知过了多久，他再次闭上双眼，沉沉睡去。

"这个地方快要发霉了。""昨天夜里我回到公寓，在楼梯拐角撞上一个毛脸女孩，她有一种难以理解的美。""哪儿来的那么多蝴蝶，遮天蔽日的。"

我刚到圣路易斯的时候，别人就送给我一本很厚的动物画册。我夹着这本画册上了一辆巴士，当车驶入林荫道，我低头翻看画册，还能记起那时双眼感觉到的清凉。

一位落魄的爵士乐手站在街角，一群蓝猫悄无声息地围绕着他。他从箱子里取出一件闪光的乐器，小心地、略带神经质地擦拭着。乌鸦排泄的粪便落在他的黑礼帽上。

"是否该逃离这里？"

他在街头漫步，上蹿下跳的野兽从身边闪过，他的脸被几根丝线缠绕住了，似乎是动物的毛发，不过它们是从路边的墙壁中生长出来的。腥气弥漫。他躲入一幢法式建筑的门廊，等待夜幕降临。一只通体透亮的蜘蛛轻巧地织着网。

"我一直不知道他们怎么处理那些动物的尸体，我曾想象动物园有一个巨大的地下室，比动物园本身的面积还大。它有着冰冷的螺旋楼梯、积满尘垢的隐蔽天窗、僵硬的动物、静默的解剖者……""也可能那些动物就埋在我们脚下。"

他终于决定离开圣路易斯，但为时已晚，动物的毛发已从密密麻麻、不可计数的细小孔洞中冒出，迅速覆盖了城市灰色的表面，尔后向着星空蔓延开去，房屋的窗口此刻已变形为幽幽闪烁的鳞片，也许在它们背面，一只或一万只眼睛正在睁大。人群惊慌地在街道上飞奔。

我一口气跑到密西西比河的堤岸上,河面泛着微光。我停住脚步,不由自主地发出一声喊叫,而在他耳畔响起的却是一头狮子的吼叫。他还有力量,但感到没有必要再跑。转过身,一瞬间便被圣路易斯吞没了。

防　线

玻璃在闪光，一排排，一面面，像燃烧的镜子。太阳播洒的福音笼罩着我。

采买了几吨给养后，我匆匆赶回住处。经过小区门口，我望了一眼门卫那张酷似山顶洞人的脸，怎么能指望这样一个人抵挡住敌人的进攻？所以这象征性的第一道防线只能忽略。那么小区里其他几幢小楼也等于被舍弃了。目前必须尽可能收缩兵力。走进楼门洞，我观察了一下地形，这里可以部署一个集团军的兵力。然后是楼梯，它分为两段，第一段七级台阶，第二段八级。每一级台阶都要设防。

我掏出钥匙打开门，将给养交给军需部。之后通知在十分钟后召开紧急军事会议。我坐在客厅沙发上，给自己冲了一杯速溶咖啡。布兰宁将军、克拉夫特元帅、格罗特芬德将军、马特伊元帅、布拉福德将军陆续赶到。格罗特芬德被马上调往楼门洞，在那里集结部队，修筑防御工事。接着，布拉福德开始报告战局的最新发展。

我看了看表，知道敌军已经距我们很近了。马特伊元帅走到阳台上，朝外张望，随后大叫了一声："来了！"其他几个人都跑过去看。我仍然坐在沙发上，尽力保持镇定。

"格罗特芬德能坚持多久？"

"大概两个小时。"

"不可能，最多十五分钟。"

我将战区划分为室内与室外，克拉夫特元帅被任命为室外战区总司令，可以调动七个集团军的兵力。他马上出发赴任，在十五级台阶上布防。"可惜我们是在二楼。"临行时，他丢下这么一句。

我自任室内战区总司令，马特伊元帅被任命为副总司令，这一战区内集结了十五个集团军的兵力。

做完这些布置，我稍松了口气。会议结束。我拖着疲惫的躯壳走入卧室，脱掉外衣，换上睡衣，躺到那张稍微一动就会吱嘎乱响的床上。与此同时，楼下响起了枪声。已经交上火了。我起身，脱下睡衣，换上外衣，小心地走到卧室窗前。下面是黑压压的敌人。步兵军团、装甲师、炮兵部队、摩托化机动部队，气势汹汹地压过来。这时那个疯子又开始滔滔不绝地说起话来，就像在念咒语，根本听不懂在说什么。他住在旁边的楼里，每隔一段时间就会大声说出一串串呓语。有一次他在小区院子里犯病了，我才得以一睹真容，四十来岁，虚胖，很白净，衣着极为整洁。不得不承认，他与我有几分相似。

我轻轻拉上窗帘，室内立即陷入昏暗。我走进客厅，叫秘书通知斯库尔拉上校，立即着手组建野战医院。同时，在后方，也就是从台阶到房门的那个区域，建一个大型军队医院兼疗养院。预计那里很快就会挤满撤下来的伤兵。

我来到阳台，俯视敌人，忍不住朝他们发出十次声嘶力竭的咆哮。狙击手的枪口瞄准了我。随后，我被拽倒了，子弹打在墙上。是我的贴身卫士柳生宗距救下了我。平卡德少校很快赶到，在阳台布下一支特种部队。

回到卧室，脱下外衣，换上睡衣，重新躺倒在床上。我必须休息一会儿，哪怕打上五分钟盹儿也行。但我无法克服紧张焦虑，再次起身，在房间里来回踱步。有人敲卧室门，我打开一道缝隙。布拉福德压低声音告诉我，格罗特芬德率领的部队已经被歼灭，他本人逃回来了，现在在客厅想见我。我看了看表，这位将军只坚守了十分钟不到，于是命令把他送交军事法庭发落。

"克拉夫特元帅一定能坚持很久。您最好休息一下。"布拉福德安慰我。

"现在敌人打到哪儿了？"

"他们还没有攻占一级台阶。"

"太好了。请告诉克拉夫特，每一级台阶都要死守到最后。"

"是！"

我关上卧室门，打开灯，坐在写字台前给布卢门巴赫公爵写信，请求他出兵支援。然后，又给父母写了一封信，希望得到他们的帮助。至此体力与心力的消耗皆已达到极限。我回到床上，盖好被子，却难以入眠。没有梦，只有无法抑制的臆想——

一颗精子在暗沉沉的太空中飞行，前方出现一巨大星体。一个画外音解释说，那星球是一颗卵子。卵子表面是一片黑色泥沼。精子如陨石般坠入卵子。之后不久，从卵子中爬出一个黑黢黢的生物，不知怎么，我变成了它。我看到刚才还是泥沼的大地此刻变得坚实了，之后我开始观察自己的身体，发现腹部脐带连接着地面，我想扯断它，但做不到，它很结实。我只能拖着这条脐带在卵子上走。这时脐带越来越粗壮，将我的身体托起来，最后化作一匹被我骑在胯下的马。我的肚子连接着马背，马的肚子顺着一条细长的脐带，或者说整条脐带细长的部分，仍然连接着地面，只不过这条脐带似乎可以无限拉长，因为当我骑马在无边无际的卵子上奔驰，没有感觉到任何羁绊。黑暗中，只听到风在耳畔呼啸。不知过了多久，马老了，变得骨瘦如柴，一点点垮下去，直到变成一条又皱又脆的管子。这时我稍一用力，脐带便断了。在我获得自由的同时，呼吸也被切断了。我在卵子上艰难地走着，看不到尽头，感到脚下的大地重又变成泥沼，我倒下了，在窒息中渐渐下沉。

我不是很怕死，但对窒息却深感恐惧。这是我的秘密。睁开眼，灯光直刺过来。此时已经入夜。我侧耳倾听，敌人就在附近，不时制造出很大的声响。

我起身，换上外衣，来到客厅。马特伊、布兰宁和布拉福德在等我。

"现在敌人推进到哪儿了？"

"经过三小时激战，他们攻下了十一级台阶。"

"克拉夫特呢？"

"克拉夫特元帅已经阵亡。"

"他是个英雄。谁接替他？"

"特雷维拉努斯将军。"

"很好。"

随后发生了一场激烈的争论，布兰宁主张将全部兵力投向剩下的四级台阶，伺机发起反攻，收复失地。马特伊、布拉福德则坚持要将室外的将士召回，加强室内战区防御。最后决定采取后一种方案。布兰宁被调往室外战区，负责集结残余部队，返回室内。

室内几乎无险可守,除了我坐的沙发。在挪动它之前,我决定先把晚饭解决。我撬开一听沙丁鱼罐头,又给自己倒了点酒,一边吃,一边听取柳生宗距汇报最新截获的情报。

据悉,敌人派出了一名可以利用呼吸杀人的杀手。只要这个杀手看到某人,并将注意力集中在此人身上,在一百米内,此人的呼吸就会变得与杀手同步。杀手深呼吸,此人也深呼吸;杀手急促呼吸此人也急促呼吸;杀手屏住呼吸……此人也将屏住呼吸……杀手可屏息达十五分钟,普通人最多三分钟。杀手就这样犹如蛇的绞杀般将目标置于死地。这名杀手隐藏在暗处,没人知道其相貌、年龄或性别。

"所以,无论如何,您不能暴露在敌人的目光下,直到我们找到并除掉这个杀手。"柳生宗距总结道。

我们将沙发掉转过来,靠背向门,推到客厅中央。布兰宁召回的四个步兵师在沙发以外的区域运动作战。马伊特元帅的十五个兵团全部收缩到沙发背后,准备发起突然反攻。

这时候我们听到门外有一个声音响起来:"别睡了!谁也别睡了!"

布兰宁将军很勇敢地打开门,随即被子弹打成筛子。

我躲在沙发内侧,蹲下身一点点后退,敌方火力越发猛烈,最后我只得趴下,倒退回卧室。马伊特元帅命令发起反攻。

邓宁顿上校授命在卧室与客厅之间建起一道防线。布拉福德着手组织卧室内的抵抗力量。我换上睡衣，熄灭卧室的灯，躺到床上，侧耳倾听卧室外的雷霆。柳生宗距站在床边说，他可以护送我冲破包围，下楼，从容地走出小区，然后打一辆出租车离开这里。我摇摇头，表示不会逃跑。我要承受将要发生的一切。

休息了五分钟，我起身换上外衣，走到门边从锁孔向外窥视。我看到几个报童在响彻防空警报的街道上奔跑，呼喊着什么。一列满载士兵的火车喷着黑烟行进，钻入漆黑的隧洞。一群西装革履的绅士聚在一起喝香槟、抽雪茄，高谈阔论。战壕里焦黑的士兵叼着烟卷，他们用颤抖的双手拆开来自后方的信函。电报员头戴耳机，紧张地敲击着发报机，随着敲击的节奏，一枚枚炸弹从阴暗的天空中坠落。冻结的河流，雾霭中开出一长串油亮的黑坦克。被俘的间谍在地牢中遭受拷打。城市被摧毁，野狗在废墟上徘徊。漫天聒噪的乌鸦，士兵的尸体缠着肮脏的绷带被草草掩埋在雪下。整座村庄的人被吊死在树上。无数个火力点在闪光。马伊特元帅骑在马上，发起冲锋，但他在中途从马背滚落下来，落地时只发出极轻微的"扑通"一声。

我忽然感到喘不上气来，好像被一条锁链缠住了脖子，痛苦地挣扎着，在地上翻滚。终于，我吸入了一口空气。"干掉他了!"我听到柳生宗距在喊,随后看见他跳起来,挥舞着手中的长剑向敌阵冲去,很快便消失了。不知不觉间,我已泪流满面。

客厅失守了。

那以后,我与布拉福德率领的部队退入被子山中,继续与敌人周旋。敌人的大手将整个被子拎起来拼命拍打,我们才被迫转移。转移途中,布拉福德与我走散了。

此刻,只剩下我一个人在床下打游击。敌人没有继续进攻,像是把我忘了,或者以为我已经死了。手电筒没电了,周围一片黑暗,耳畔不时传来敌人歇斯底里的笑声。

十年了,躺在冰冷的地板上,我的面孔渐渐化为一片荒漠。但是,我仍在积蓄力量,不久,我就要爬出去,发起一次新的攻势。

死亡之墙

我闭着眼,视域中出现一群晃动的白色动物。这是强烈日光照射在眼皮上,从神经丛中唤起的幻象。那时我还躺着,严格说是蜷缩成一团。

后来,我走在街上,才领略到这一天的风有多么猛烈。城区边缘的群山在强风下显得格外清晰,要是风势继续加强,还会更加清晰。但顶风而行,头脑却被吹得有些恍惚,眼睛渐渐渗出泪水,视线模糊了。

这时我又见到那辆常停在路边的白色大巴,据我观察,那是一辆班车,它在等待一批熟悉的乘客。我想知道它会开往什么地方,于是走过去,登上车门处狭窄的阶梯。我没有看司机,他也并未发出质询。车厢内坐满了人,我能感觉到他们的目光在我脸上搜索着什么,而我只是专心地寻找着座位。

我请一个年轻女人让一让,之后从容地挤进她身旁靠窗的座位。在落座的一刻，一股阴冷的湿气将我淹没了。我转头看看车里的人，他们湿漉漉的，仿佛刚经过一场骤雨的洗礼。这与外面的天气极不协调。灿烂的阳光正波涛般拍击着明净的车窗。

车开了，窗外狂风暴虐，路边树木激烈摇颤，落叶、塑料袋伴着尘土被带上高空。车内却升起一团雾霭。转过几个弯，我进入了陌生的地域，街道、建筑有几分眼熟，却辨认不出是哪里。人们很安静，为什么不聊上几句，难道他们不是同事吗？

行程比想象的漫长。我把头斜靠在车窗上，眯起眼睛，于是生出一种幻觉，我的人生完全源于这辆车轻微的颠簸。

当我开始打盹，我们到了。人们依次下车，神情默然，向着一座高大的建筑物走去。我不好意思就这样离开，便混在他们中间。没人检查工作证。我跟着几个人拥进电梯，还按下了"21"，那是顶层。

很快，电梯抵达21层，我步入走廊，又产生一种熟悉感。我曾经来过这里，或者，这里和我过去工作的地方很像？凭着这份熟悉，我找到一个空着的座位坐下。而后是一段空白。

有人拍了我肩膀一下，转过头，是个四十岁上下的男人。他问我要不要抽支烟去。我点点头，和他一起走出去，他在前面带路，我们顺着安全通道来到楼顶天台。

风太大了，烟无法点燃。我们手扶围栏，朝四外张望，楼群、高架桥、电视塔、山，在晴空下闪闪发亮。收拢视线，向下看，停车场、步行道、宽阔的马路，水泥、砖块、石子、柏油……

"昨天你在吗？"

"不在。"

"有个同事从这儿跳下去了。"

"啊？！"

"就是从咱们站的这个位置。"

"为什么？"

"他被骗了。"

"被谁骗了？"

"不知道。摔得血肉模糊。后来不知什么人把他老婆喊来了，当时还没人来收尸体，他老婆就在下面哭，整座楼都能听到，和今天的风声很像。"

这么一说，呜呜的风声便钻进了我的耳朵。

"太惨了。但现在什么痕迹都没了。"

"被昨天那场雨冲刷干净了。"

"你知道真想跳楼会有什么感觉吗？"片刻沉默后，他问。

"什么感觉？"我盯着他。

"楼会显得很矮，像是只有四五层高。下面的东西都放大了。"

我看着下面几辆轿车的车顶：蓝、白、黑。稍远处有一座花坛，一片残败的月季，一只白蜘蛛正往花心里钻，花丛下露出被雨水浸泡的泥土。

"只有借助别人的眼睛，才能看见自己的死。"我说。

"生也一样。"

"就像一堵墙向你冲来。"我说。

"什么？"

"我是说从这里跳下去。"

"大概跟坐过山车差不多。"

"要珍惜生命。"他补了一句。

"要珍惜生命。"我附和着。

"但要是把生命视为全部，死就变得不可接受了，生也就不可接受了。"

"可对一个人来说，生命的确就是全部。"

当回到办公区，我发现那个空着的位置已经被一个年轻女人占了。

"总经理要见你。"她面无表情地说。

"好的。"

年轻女人起身向外走。我跟在后面，在迷宫般的楼层通道中转来转去。我的脸刚才被风吹得麻木了，此时才复苏。

"还远吗？"

"什么？"

"总经理……"

"你还真想去见总经理？你根本不是我们的员工。"她突然揭穿了我。

我没有答话。

"刚才在班车上就看出来了。"她放慢脚步，与我并肩而行。

"是这样，我一早起来，准备去码头接我老婆，但是总也等不到车，风又大，我就想随便找个交通工具，换个地方，看能不能找到去码头的车。所以……"

"码头？这个城市哪儿有什么码头？"

"当然有。"我注视着她的脸，似曾相识的脸，我要让她说出真相。

"好吧，从这里有一条走廊可以直接通往码头，你跟我走吧。"她妥协了。

"这儿离码头近吗？"

"很近了。"

她推开一道侧门，前方出现一条半透明的通道。我走上去，地面光滑。透过一层钢化玻璃，可以看到云在澄明的天空中快速飘移。天光破碎，晃得我睁不开眼，只能像盲人一样缓慢地向前迈步。她抓住我的手。两只同样冰冷的手。这条通道是一座桥，那一端就是码头。

当我勉强睁开眼，她已经停住脚步，我们仿佛悬在半空。

"你在想什么？"

"我在幻想，幻想一个男人，我丈夫。他跟你很像，但不是你。我们被海水包围着，灰色的、翻涌的海水。"

"你们在哪儿？"

"在一艘船上，船正在海上航行。似乎要发生什么可怕的事。我很害怕，但就在这时，正在发生的事变成了我的幻想，既像幻想又像回忆，模糊不清。

"我丈夫让可怕的事变成了幻想。他能让一件正在发生的事变成他的想象。他曾经过着危机四伏的生活，但在关键时刻总能将危险封闭在头脑里。这一次他把一场海难封闭在了头脑里。

"船上还有其他人，他们也逃过一劫，但这些人不知道他们本来会经历一场海难。他们的记忆里都留下一道很深的裂缝，要靠幻想去弥补。"

"不管怎么说，你们都安全了。"

"安全了，但也许是暂时的。当我渐渐淡忘这件事，我开始做梦，相似的梦，梦到这场海难，非常恐怖。我总是惊醒，醒来后仍然感到害怕。他就睡在我身边，因为他是我丈夫。他会问我做了什么梦。我只能告诉他,我又梦到那场海难,我们都死了。他每次都若有所思地说,要是能忘掉就好了。再后来他也开始做同样的梦,可能是受我影响。他说如果继续这样下去,海难会变回真实,我们将被拉回海难现场,还有其他人,我们都会死。他的头脑就要封锁不住那场海难了。"

"那怎么办?"

"他说他现在只能把它写下来,这样可以延迟这件事变回现实的进程,但他得不停地写,以各种方式、从各种角度写这件事。从他的角度、我的角度,或者想象出来的其他人的角度,反反复复地写。"

"但终有一天,他会写不出来。"

"你看那边,一个大浪,好高的浪,是死亡之墙。"

"死亡之墙?"

"冲浪者管这样的巨浪叫'死亡之墙'。看,它朝这边涌来了,这艘船承受不住的!"

"别怕,它还很远。"

"它来了!"

我用尽全力拉回从高处笔直坠落的目光,站稳脚跟。

"不用怕,还很远,别看它,继续你的幻想吧。"我站在天台上,在雨中自言自语着。

旅行史

这一次,我们选择了游轮游,此种出游方式并不适合我和妻子这个年龄层的人,完全是阴差阳错所致。在位于14层的宽阔的自助餐厅里,坐满白发苍苍的老人,大玻璃外,海在太阳下闪光,长久注视,会产生海面凝然不动的错觉。

昨天,船在长崎靠岸,我们排了很长时间队才得以登陆。之后被旅游巴士拉到了和平公园。女导游在前面快步走着,我们紧紧跟随。据说将有强台风来袭,乘客得提早回船起航,所以游览时间被压缩得很紧张。

我们来到一座高耸的黑色纪念碑前,导游说:"大家看,这儿就是原爆点,在这上空。"她指向天空。我们一齐仰脸看。"爆炸的时候,地表温度有几千度,几万人一下就消失了。"湛蓝的空中,悬浮着蕈状白云,一派静谧祥和。

"可能一下就蒸发了。"妻子小声说。

"大概是。"我说。

"不知道忽然消失是什么感觉,在路上走着走着,还没反应过来是怎么回事就不存在了。会疼吗?"

"来不及疼吧,应该没有痛苦,"我调动主观视角幻想忽然消失者的体验,"如果痛苦可以用时间来衡量。"

在这片遗迹中,潮热的空气带有一种气息,那是生命加速的气息,也可以说是死亡的气息。

"你还记得那年去柬埔寨吗,当时我也有过这种感觉……"我念叨着。

"咱们什么时候去过柬埔寨,"妻子盯着我,"你跟谁去的啊?"

夜里,下起了大雨。不知是不是台风追上了我们,船晃得厉害,但即便是老人和孩子也显得镇定自若。我们随船晃动,像喝醉酒一样在广大的船内空间闲逛,一路上到了顶层甲板。

"好冷啊。"

雨已经小了,但风很疾,吹得人睁不开眼。我们小心地靠近护栏,海天一片漆黑,狂风呼啸着卷起一股股白浪,这些浪有着自己的形体,犹如一群白发海妖在无边的黑暗中飞蹿。

我扭过头看妻子,她正带着一丝畏缩凝望海面。这时一个巡逻的船员走过来,示意我们回船舱去。

今天，坏天气已如噩梦般消散。由于前晚被从顶层甲板赶走有些不甘，在自助餐厅吃过早餐，我们又跑到了那里。鹿儿岛就在前方。再过大约半小时船便会进港。我们正遥望一座烟雾笼罩的岛屿，空中忽然有许多纸片飘落下来，速度很快，啪嗒啪嗒掉在甲板上。我弯身捡起一张，是照片，画面是几片荷叶在泥塘中铺展着。妻子和甲板上的其他人也在捡着，仿佛在比赛谁捡得多。抬头看，无数照片还在不停下落，大部分落到了海面上，漂浮着。我也加入了捡照片的竞赛，手忙脚乱，搜罗了一堆。

我们抱着照片顺楼梯返回7层的房间。路上，迎面遇到很多人往顶层甲板跑。

"是有东西掉下来吗？"有人盯着我们问。

"对，是照片，有很多，不用着急，不是钱。"

"我就是好奇，不是为了钱。"那人继续往上跑，嘴里还解释着。

狭长的卧舱走道也挤满了人，都想去看热闹。我只得将照片塞在外衣下面，与他们擦身而过。

回到房间，关上门，我们将战利品扔到床上。这时广播响起，先是一通英语，之后是中文，大意是：船遇到突发情况，但不必惊慌，请乘客不要到处走动，留在原地等候通知。我换上睡衣，躺到床上，借着昏黄的灯光，欣赏起照片来。

"怎么会有这么多照片从天而降呢,会不会是运照片的飞机出故障了……"我咕哝着。

"刚才我看见一个熟人,陆楠,你记得吗,十年前咱们还参加过她的婚礼。"妻子忽然说。

"什么时候见到的?"

"就刚才,她在那儿拼命捡照片,没看到我。"

"你怎么在哪儿都能遇到熟人。"这么说着,十年前那场婚礼的景象清晰地浮现在我脑海中,就像眼前的照片一般清晰。但我发觉自己无法回想起这中间发生过的事,也就是从我们参加那场婚礼,到我们登船这十年间所发生的事。我们去过柬埔寨,这似乎是我仅存的印象,但妻子却说她没去过。

广播又响了:由于鹿儿岛方面在调查事件原因及影响范围,船暂时无法靠岸,请全体旅客回到自己的房间等候进一步消息。

我将照片摞成整齐的一沓,慢慢翻看着。照片有黑白的也有彩色的,内容五花八门,有些拍得很艺术,有些则随意、凌乱,甚至没有主题,无从描述。

——在街边花园里,一尊运动员塑像下,两个少年守着一簇火焰,不像是在取暖,而是单纯为了好玩。周围植被凋零,挂满冰霜。一截枯木横在地上,覆着厚厚的雪。青烟从火堆升起，升入雪幕。火光为雪景染上了一点橘色。

——某中年男人，穿着厚实的大衣，坐在路边长椅上看报，手边放着一瓶酒。不远处的过街桥上，一个女人手扶护栏，将目光投向远处。一只黑鸟停在她身后的栏杆上，展开翅膀像是正要起飞。

——几个飞车党模样的少年跨在摩托上，脚支地，停在路边，其中一个摘下头盔扭头回望，屏息凝神，像在观望什么正来追逐他们的东西。但在他们回望的方向上，唯见空荡的长路。

——昏暗天空下，一派冷寂的古园，一位游客正沿廊道登上一座小山，山的另一侧是一片湖，雪覆盖了冻结的湖面。

——书房亮着灯，没有人，厚厚的窗帘拉上了，一张极薄的信纸摆在桌面上，字迹是深蓝色的。

…………

有人敲响了房门。我迅速把照片塞到枕头下面。妻子打开门，是打扫房间的服务员和一个穿灰色制服的男人。

"刚才你们有没有捡到照片？"

"没有。"我抢着回答。

"没有？"他用怀疑的目光打量我。

"我们一直在房间里没出去。"我的音调略有升高。

"如果捡到请一定交给我们，日本方面正在调查。"穿灰色制服的男人说。

"我已经说了,我们没捡到,要搜查吗?"我说。

"好吧,打扰您了。"他后退一步。

妻子关上门。我侧耳倾听,他们又敲响了旁边的房门。

"为什么藏着这些照片啊?"妻子压低声音问。

"想留作纪念。"

下午一点半,游轮靠岸,游客被允许继续登岸游览。我们手拿证件,随着大队伍下船。一个快活的年轻男导游来迎接我们,在游览车上,他滔滔不绝地向我们讲述起自己在日本的处境、他的日本妻子、生活压力,之后讲到日本老人的孤独死,讲到一个游客在游轮上赌博输了两万块,和老婆吵了一架就跳海自杀,第一跳没成功,摔在甲板上,又忍着疼从甲板爬着扑进了海里,海岸警卫队都出动了也没能找到尸体……我们的游览车开上一座浓荫密布的小山。

"樱岛火山长年都在冒烟,一会儿在展望台可以看得更清楚。"他的话题终于拉回到眼前的风景。

下车后,我和妻子沿山道慢慢走着,海风吹拂着道旁的古树,又有一种熟悉的感觉涌上心头。这时有两个穿灰色工作服的人迎面走来。

"是吕安先生?"其中一个问,说的是中文,但带一点奇怪的口音。

"是我，什么事？"我马上想到可能是私藏的照片被发现了。

"打扰了，需要您跟我们回去协助调查。"

"什么事啊？"妻子问。

"你快去把导游找来。"我对她说。她点点头，转身朝山顶的展望台跑去。

"跟我们走吧，很快就能解决。"

"是照片的事吗？"

"对。"说着，两个人已经架住我的双臂。我只好跟他们往山下走，边走边回头张望，看妻子有没有带导游过来。方才还游客众多的山道上，此刻连一个人影都看不到了，停车场上，几辆旅游巴士也已不知去向，只有一辆黑色轿车停在那里。

我被连推带拉坐上了车的后排座，两个穿灰色制服的人一左一右把我夹在中间。车子启动了。

"咱们去哪儿？"我忍不住问。

没有回答。坐在我身旁的两个人仿佛已化为石像。

但事情并未超出预计，车子驶回了码头，远远地就看到了我们的巨型游轮。这让我松了口气，起码我可以在船上等妻子回来。我费劲地掏出手机，想给她发个信息，但没有信号。

游轮内一团昏暗，空荡荡的，这也不奇怪，大部分游客此时还在岸上观光。可是总应该有几个留守的船员吧，难道他们全都下船了？我逐渐察觉，整座船像被废弃在这里的，而且不止废弃了几小时。

我们顺着狭长的甬道往我和妻子的那间小舱房走去。房间号没错，推开后，里面的格局却与之前截然不同，床、沙发、写字台、小柜子、我们的行李箱都不见了，代之以一张长方形金属桌和一把折叠椅。他们示意我坐到椅子上。我顺从地坐下，环顾四周，地毯和壁纸也与之前不符。两个穿灰色制服的人退了出去。

几分钟后，那个快活的导游进来了，他也换上了一身同款式的灰色制服。我站起身，许多问题涌到嘴边。但他没等我开口就往桌子上扔了两张照片。

"吕安先生，你要实话实说啊，不然这一船人都会有麻烦。"此时他阴沉着脸，快活的神情荡然无存。

"什么实话？我刚才是藏了几张照片，在行李箱里。"我扭头看着方才行李箱的位置，那里已经空无一物。

"你先坐下，看看照片。"

我重新坐下，拿起照片，但画面模糊，怎么也看不清是些什么。

"我们检查了所有搜集到的照片，就是从天上掉下来的，有几百万张，然后进行了比对，照片上的人和景物都不属于这个世界，明白吗，都是虚拟的，虽然看上去像真的。但是很奇怪啊，吕安先生，只有你是真的，这里面有两张是你的照片。"

等他说完，我手中的照片才清晰起来，其中一张上是个小孩，四五岁的样子，穿着海军服，双手端了一支玩具冲锋枪，站得笔直，两只脚穿着黑色塑料凉鞋，紧紧并在一起。目光略显呆滞，嘴角强挤出假笑。这是那种老旧照相馆拍的纪念照。但这孩子并不是我，怎么会认定是我呢？

再看第二张照片，大约是在恒河岸边，一个男人光溜溜、湿漉漉的，像是刚游完泳上岸，正在穿衣服。一个妇女在岸边的石阶上向着浑浊的河面张望。几座石塔半浸没在河里，有人刚从塔尖起跳，抓拍的一瞬间，他仿佛是在恒河上空飞翔。能看到面孔的只有那个正在穿衣服的裸体男子，但这人明显是个印度人，与我毫无相似之处。

"这不是我啊，一定是搞错了，你看看。"我站起来，凑近导游，让他看照片。

"不可能搞错，别小看现在的技术手段。还是想想怎么解释吧。"他说完，像逃跑一样出了房间。门被用力关上。

我拿出手机，但已经没电了。

在封闭的舱房内，时间无从确定，大概外面天已经黑了，那些游客怎么还没有回来？也许一会儿妻子就会推门进来，所有麻烦烟消云散。我这么想着，稍稍有些安心了。忽然，我感到船在震动。

"火山爆发了！"门外有个人在叫。

我拧了一下门把手，轻轻一推门就开了。我并没有被囚禁。甬道里也无人把守，只是脚下晃得很厉害。

我一口气跑下楼梯，跑到5层，我们每次都是从5层的一个通道下船的。我没能找到那条通道，但在不知不觉间已然离船登岸。外面漆黑一片，下着大雨，不远处的火山岛迸发出橘色强光，烟雾升腾。有个人正叉开腿站在防波堤上，拼命吹着萨克斯管，发出凄厉的噪声。

我得找辆出租车，然后去找妻子，但怎么找呢？我在温热的雨中跑着，看不清路。穿过一片松林，脚下的土地变得异常柔软，像是踏入了泥沼。这时从身后射来一道白光。

"站住！"有人在大喊。

我想加快速度，就在此刻，我的面孔陡然往下滑移，连带着惊恐的眼睛一同掉落在地面上。面孔陷在泥泞中，向上看，看到了自己的身体，身体俯下来，像在寻找面孔。原先面孔的位置像被一股强力抹了一下，一团模糊。

身体找不到面孔，掉头跑开了。面孔在泥地上朝向夜空，暴露在雨中，像一张废纸渐渐溃烂，被浊流淹没。

在苏醒之前我已隐隐察觉这些不过是梦了，在梦中我就在整理自己的思路，将之以某种工整的、戏剧化的方式记在心里。现在我真的醒了，也陷入了真实的困境。

我仍然在那间舱房里，只不过这次没有其他家具物什，只有我躺的这张床。灯光白晃晃的，像医院病房里的那种灯光。

坐起身，我发现自己穿着一身宽松的灰色制服。说是制服，又像是病号服。门虚掩着，走出去，是一条狭长的甬道。墙上挂着许多相框，框内的照片有黑白的也有彩色的：一串缆车向着一座遍布松树的山岭移行，天在下雪……五官精致的女孩坐在汽车副驾驶座上，从摇下的车窗向外张望……穿黑大衣、戴眼镜的男人站在一片光秃秃的树林中，仰望阴沉的天空……几朵白云飘过一座闪着金属光泽的岩石岛……一对年轻男女，一前一后走着，双手将几根树枝举过头顶，像在挡雨，又像在举行什么仪式……

不知不觉间，我走到了电梯口，门自动打开。我进入轿箱，按了一下"5"，没有反应。门关上，14层的按钮亮了。

当电梯门再次打开，外面一片喧闹。许多人走来走去，还有人在排队，有人站在一边兴奋地交谈，有人躲在墙角痛哭……一个穿黑色礼服的男人示意我跟他走。

我们步入一间宽敞的办公大厅，里面有一长排办公桌拼接在一起，此刻正有几个老人向端坐在对面的工作人员询问着什么。我被带到一个空座位前。

"请坐。"对面的女孩露出职业的微笑。

我坐下。

"欢迎回来,杜松先生。"

"杜松?"

"是的。您的名字。"

"我这是在哪儿?"

"在1028号避世舰上。您的记忆还没有恢复,一小时内就能部分恢复,但是原始记忆,也就是最早期的一部分记忆,可能无法复原,这会引起一点焦虑。我先简要向您说明一下事情的经过。您曾与我们签订合同,在这艘船上休眠一百年,今天已经到期。我们即将把您送回陆地。"

"一百年?"

"是的。"

"是被冷冻起来了?"

"过去需要冷冻,但在您最后一次登船的年代,已经不需要了。"

"最后一次是什么意思?"

"是这样,您从四十岁起就开始尝试休眠,之后每过十岁,就会登船休眠一百年。所以您是我们的老会员了。"

"每过十岁……那我现在多少岁?"

"休眠期身体只会有轻微变化，不计入年龄，那么您现在是八十岁。"

我立时感到了自己的衰老。

"我为什么要这样？"

"这只有您本人知道，但可能已经不记得了，因为那属于原始记忆。不过应该和别人一样，是为了见识一下未来世界。"

"明白了。"我站起身。

"船很快就要靠岸了，祝您好运。期待再次为您服务。"

"谢谢，"我点点头，摸了摸布满皱纹的脸，"还想问个问题，为什么不在陆地上休眠，要跑到船上来？"

"因为陆地上比较凶险。"

我悄悄走上顶层甲板，此时已是夜的尾声，雨下得很大，冰冷的雨水很快把我的衣服淋透了。我在无人的甲板上走着，越靠近船头，迎面而来的气流越猛烈，令人感到窒息。我好不容易抓住了甲板边缘的护栏。

幽暗的大海自深处膨胀，直至在海面顶起一个个大浪，浪头在疾风中奔窜，仿佛一群白发的妖魔。极目眺望，陆地已现出轮廓，但还只是一片巨大的暗影，不见一星灯火，像是无人居住的样子。

感伤之旅

按约定，我们在S植物研究院的门口见面了。她依然年轻，目光清澈，焕发着青春光彩。简单聊过几句，因久别而产生的隔膜便消失了。

我走到售票窗口，买了两张门票，检票后，我将它们揣在衣兜里。

S植物研究院并不单纯是研究机构，它的部分区域是对游人开放的公园，这座小公园又通向周边广阔的景区。

研究院入口处耸立着一根巨大的树木化石，它或许也算是一座象征时间的纪念碑。我们驻足观赏了一会儿，便向园内走去。在这样一个深冬的工作日上午，看不到什么游人。

正对大门有个池塘，池塘后是一片假山，一座亭子立在上面，大概二十年前它就在那儿，后来肯定重新油漆过，如今又已破旧不堪了。

"好冷啊。"她嘴里呼着白气。

"到温室就暖和了。"我说。

林荫道旁，树枝挂着焦黄的叶片，风掠过发出干燥的沙沙声。荫翳处残留有几天前那场雪的遗迹。我们不时驻足看园中植物，它们在承受严冬，全是一副灰头土脸的样子。

温室是一排闪光的玻璃房子，门前两棵高大的白皮松伸展枝干，仿佛两条九头白龙。走进去，空气潮热，我的眼镜片立时蒙上一层白雾，把眼镜摘下，只见模糊一片浓绿。

植物如辞藻般堆砌、延展，一个展室构成一个段落：微缩的雨林、岛屿、山地、沙漠绿洲。我们偶尔念出植物的名称，白桫椤、菱叶铁线蕨、小羽贯众、罗汉松、白马城……玻璃墙外是灰黄相间的冬景，草木凋零，从某些角度望去，内外反差极大的景象会发生重叠。

我们穿行于花厅、棕榈室、多肉植物室、阴生植物室、果树室，途中看到一个光头男子盘腿坐在地上读书，几位老人正摆出各种姿势照相。温室尽头是水生植物室，其中分布着大大小小的池塘，池水金光粼粼，最为耀眼的是水上的莲花。

"这儿变样了，我记得以前这个展室光线很暗，只有一个大水池，水面黑漆漆的，睡莲的花很小，但藏在水下的身躯很庞大，像怪物一样。"我说。

"好像是，我有印象，我很久以前也来过这儿。"她看着莲池，像是在回忆。

离开温室，我们重又浸没在严寒中。我提议往山那边走走。几分钟后，前方现出一座宽广的湖，此时它已冻结为一块巨大的冰，湖面灰蓝，湖畔一丛丛枯黄的芦苇摇曳不定，对岸的树木寒枝错落，再远处是起伏的山峦，呈现冷暗的深褐色。风从山的方向袭来，发出阵阵低吟，寂静会在风声余韵中短暂降临。

我们绕过大湖，走上一条小路，她开始向我谈起她祖母的亡故。她这次回国就是为了参加葬礼。她说，许多祖母的友人都说曾经见过她，但她却一个也想不起来。之后又讲起在国外生活的经历，她说去年夏天和一群朋友去海湾潜水，差一点淹死。还有就是，一个摄影师对她苦苦追求，但她还在犹豫。

山脚下有一座寺院，幽静肃穆，却又让人感到它已被时间磨蚀得有些松脆。我引她来到寺中一座古老的罗汉堂。我上次来也是四五年前的事了。幽暗的入口处，端坐着油彩斑驳的四大天王，一股源于灰土、油漆、木料的古旧气息弥漫在空气中。向里走，是一排排罗汉塑像，没有灯，光从格子窗射进来，照亮了半空中的浮尘，深处却是一片昏暗。可以听到有人在低声聊着什么，但看不见人影。

罗汉塑像上密布着细细的裂纹，一排排构成一座象征彼岸的迷宫。我们彳亍其间，最后停在一尊臂弯里站了一只仙鹤的罗汉像前。她仰脸打量着鹤的侧影。

"你知道我为什么带你来这儿吗?"我说。

"为什么?"

"我梦到过咱们一起到这儿来,不只咱们两个,还有我的一个大学同学,那个同学现实中得了癌症,我知道以后就经常梦见他。"

"后来呢?"

"他做了手术,又做了化疗,现在治好了,不过我一直没再见过他。"

"我是说你的梦,然后呢?"

"你的脑门上被贴了一道类似封印的东西,我想了各种办法帮你往下揭,后来终于一点点揭下来了。就在这座罗汉堂里。"

"这叫什么梦啊?"她笑了。

我忍不住看了看她的额头。

从罗汉堂的边门出来,眼前是一片空场,铺的砖多已碎裂,地上坑坑洼洼。空场中央有座钟架,吊着一口生锈的梵钟,旁边悬有钟槌,看样子有年头了,但并非古物。空场一角有个月亮门,枯黄的竹林在门后瑟瑟抖动。我们出了门,穿过竹林,顺山道向下,不久来到一条溪谷边。

溪谷已然干涸,暴露出一堆堆青灰色乱石。山中林木繁密，树叶虽已落尽，枝柯依然交织如网，令天光变得细弱。

半小时后，走过一座小石拱桥，我们抵达了溪谷的尽头。在一块巨石下，有个黑黝黝的洞口，洞外横着铁栅栏，栅栏上焊了一块绘有梅花鹿的铁片，锈迹斑斑。这个洞便是溪水源头，只不过此时不再有水涌出。

巨石从中间裂了一道缝，缝中探出一株遒劲的苍松。巨石一侧有一条碎石铺就的小径，我们登上去，前方是蜿蜒山路，路旁铺满松针、枯叶，朝前走没多远，便出现一座水泥砌的方碑，上面刻着"游人止步"四个字。界碑后，小径继续延展，伸入山林。

"到头了。"她说。

"是啊，该往回走了。"我仍凝视着剥蚀严重的水泥界碑。

这时从对面山头一块大石后传来一阵犬吠。

"可能是被遗弃在这儿的狗。"我说。

"真可怜。"

"也可能是附近住家养的。"

"这附近还有住家？"

"有啊……咱们往回走吧。"

"好，回去吧。"

我们差不多是由原路返回的，在半路上，我发现一条没入荒草的铁轨，来的时候并未注意。很多年前，这里曾有过观光小火车,我还和父母一起坐过,后来大概因为乘客太少,被废弃了。

来到S植物研究院门前,已是中午。

"要不要一起吃饭?"她说。

"我下午还有个事得处理,一会儿就得赶过去……"我取出手机看了看时间。

"这样啊?"

"实在对不住。"

"没关系,没关系。"

"我给你叫个车吧,这附近也没什么像样的饭馆。"

"你要赶时间就先走吧,我自己打车。"

"我给你叫车。我还有时间。你去哪儿?"

她说了个地址,我在手机上输入。之后,我们站在路边等车,没再说什么。不到五分钟车就来了。

"那我走啦,明天我就回去了。"她站在车门前说。

"好,一路顺风。"

"保持联络啊。"她拉开车门。

"保持联络,多保重。"

"再见。"她摆摆手,钻进车里去了。

"再见……"

我站在原地看着车开远,在路口处转弯,之后消失。又停了大约半分钟，我转回身，走到售票口又买了一张票。检票后，我把它放进衣兜。售票员和检票员并没意识到我是一个折返的游客，或者他们已经习惯了不动声色。我先走到那根巨大的树木化石前看了会儿，便向园中走去。

结冰的池塘，假山上破旧的亭子，光秃的树木……我又走上林荫道，向温室走去。我低着头，缓步前行。枯黄的草地上，一只喜鹊的影子翩然滑过。

进入温室，镜片变白了，摘下来擦了半天，再次看清了这个植物环绕的微缩世界。我穿过花厅、棕榈室、多肉植物室、阴生植物室、果树室，那些拍照的老人已经走了，读书的光头男人还坐在那儿，他抬起眼看了我几秒钟，又埋下头去。

我再次来到那些池塘前，日光洒落池面，睡莲沉浸在一派静谧中。

出了温室，重又走入寒冷的风景，风声更大了。冷硬的湖面，芦苇枯黄，对岸是萧索的树林，以及背景中线条柔和、光色灰暗的山峦。绕过湖，走上那条小路，又看到埋没在荒草中的铁轨。

再一次，我迈入寺院大门，一阵阴冷的风送我走入罗汉堂中，古旧的四大天王，仿佛吹一口气便会化作彩色的尘雾散在空中。

现在不再有他人的交谈声，周围静极了，整座寺院似乎仅有我一个人，我的脚步声听来格外清晰。

寻着方才走过的路径，转过一排排塑像，我又来到那尊与鹤为伴的罗汉像前。我望着鹤的眼睛，回想我们曾在这里谈论梦的情景。

这时忽然传来钟声，一声余音未尽又是一声。我站在昏暗中，像站在冷寂的海底，静听钟声寂止。

过了一会儿，我走到那片空场上，只看到钟悬在那里。

恍惚间，我又走在干涸的溪谷边。透过交叠的树枝望去，天空转暗，呈现冷冷的银灰色。之前那条吠叫的狗已无声息。

山林的幽暗、颓败不觉已渗入我的身体，同时山林也染上了梦的色泽。来到溪流源头处，看着那块巨石，我没来由地想到，当我不在世上，它还是会在这里，还是这副样子。

我踏着碎石上了山坡，在枯叶覆盖的小径上走得很慢，但是不久便又站在了那块标志终点的界碑前。

潜水员

不记得当初是怎么离开那座山村的,也不知道在这么多年后为何会聚在一起重返那里。

只对一张相片还有印象——画面中天色阴暗,他背对湖水站着,头发蓬乱,戴眼镜,肩背书包,一只手拿着黑色望远镜,另一只手放在胯部一侧,手指随意捏着裤兜边缘。在他身后,一块横在湖畔的长礁石上有几个人影,他们都朝一个方向倾斜,正朝湖中张望。湖对岸,是几座相互掩映的山,黑沉沉的,云气从山顶漫下来,在湖面上方弥散成一层白茫茫的雾。

在这么寒冷的时节去山区旅行的人很少,列车在经过两个小站后,车厢里就只剩我们几个了。这是列车的最末一节车厢,我坐在最后一排,当列车蜿蜒前行时,从我的角度能看到火车头和它拖曳的长长一串车厢。

从火车开动,我就在读周作人的《谈龙集》,在读到"今年八月间,半农从江阴到北京,拿一本俗歌给我看,说是在路上从舟夫口里写下来的"这句时,同伴的交谈热烈起来,我把这句话反复默读了几遍,怎么也读不下去了,只好将书放在一边,听他们在说什么。

谈论的话题渐渐从现今的生活上溯到十几年前,后来集中在一件事上,就是"潜水员"的事。

"你们还记得潜水员吗?"

"有印象。"

"什么潜水员?"

"就是在那个湖里发现的潜水员。"

"哦,好像是有这么回事儿。"

"不是潜水员,是一件潜水衣。有一天,雾挺大,一个钓鱼的在湖边看到水面上漂来一片黑色的东西。他用钓钩钩上来一看,是件质地特别的连体衣,他马上跑到村里报告了。然后就有人说那是一件潜水衣。那年月,穷乡僻壤的怎么会有潜水衣呢?现在想来还觉得蹊跷。"

"不对,的确是发现了几具潜水员的尸体,浮在湖面上,被打捞起来送到县里去了。"

"我只记得当时说是在湖里发现了什么东西,许多人去看热闹,还有一辆救护车开过去了,我只有这点印象。"

"你们这么一说,我想起另一件事,就是有人在那座破庙的枯井里发现一条特别长的铁锁链……"

"这跟潜水衣有什么关系?"

"你们还是听我说吧,当时人们在水潭里发现了三四个潜水员,把他们捞起来解开潜水衣一看,竟然都是外国人,白人,大伙都很惊奇,他们怎么跑到这儿来的?其中几个像是死了很久,身体都酥软变质了,被裹在潜水衣里才勉强显出人形,说是受到过碾轧和腐蚀。但是有一个潜水员当时还活着,是个金发女郎,她被救护车拉走了。村里那个拾荒的老头,好像以前是个道士,听了这件事就到处讲那湖里有什么,得用铁链把它钓上来。之后,他就带着几个好事的从那口枯井里拽出一条大粗铁链,得有三十米长。再后来怎样了,我也记不清了。"

"成神话故事了。"

"没错儿,是有个女潜水员,本来她活着,还能说出真相的,大家都等着她交代清楚是怎么回事儿,但是她在被送去县医院的路上就死了。"

"说是湖底有个大洞,谁也不知道通到哪儿。"

我听着他们说话,目光投向车窗外,暗淡的天空下是一片广漠的土地,几棵奇形怪状的大树浮现在远方,偶尔还有几间农舍。一间屋檐上挂满白炽灯泡的茅草棚由远而近,像个发光的鬼怪闪过,随后视线便被几座红褐色的石头山遮住了……我在想，要不要找个借口在下个站台下车，之后逃走，不管其他人怎么想。我可以随便搭一辆车，到一座陌生的小城，找一家旅馆住下，再出去找个饭馆吃晚饭。然后回旅馆睡一宿，明天就折回去。坐长途车回去。我的行李就留在火车上，任由他们处置。下了火车，我就把手机关掉。

"那个湖不算深，前两年我回去过一次，水已经干了，湖床完全暴露出来，最多也就五米深吧，哪儿有什么洞啊？"

"不可能，你去的肯定不是我们说的那个湖。"

这时我忍不住插话了："你们说的都是自己想象出来的吧，这件事根本不是发生在咱们那个地方，这是那个外乡人给咱们讲的故事，我想不起他叫什么了。那时候咱们老缠着他，他喜欢讲故事，潜水员的事儿发生在他家乡，是他小时候经历的，不知道是几十年前的事了。我记得他是说过在他家乡的什么湖里发现过一个女潜水员，其他的都忘光了。"

"不会吧，我记得我是亲眼目睹，那辆救护车，还有那个女潜水员躺在担架上，一头金发披散下来，湿漉漉的，他们七手八脚把她弄到车上……"

"没错儿，我也想起来了，是一个比咱们岁数大很多的外乡人讲的。他把这个故事反复讲过好几遍，每个版本都不太一样。"

"这次回去问问他不就成了，看看究竟是怎么回事。"

"他还在村里住吗？"

"不在了。我也记得那个人，他是个怪人。这些年我老莫名其妙地想起他来。上次我回去的时候特意打听他怎么样了，说是已经死了。"

"死了？怎么死的？"

"溺水死的，是投湖自尽，就是那座如今已经干涸的湖。据说他那些年写了些东西，也不知道写的什么。在他死前，他把手稿塞在背包里，扔进了村里一个厕所的茅坑。后来，他的几个朋友来了，用铁丝把那包手稿从粪水里钩上来，带走了。"

谈话就此终止，车厢内静下来。

天色愈加阴沉，不久落起了冷雨，小雨点打在窗玻璃上。我看见火车头正钻入一个隧道口，洞口边一盏信号灯一闪一闪，再过一会儿，我们这节车厢也将被拖入黑暗之中。

想　象

再一次，我开始想象……

我从被窝里爬出来，穿好衣服，收拾停当，拉上行李箱来到楼下。天还黑着，我打到一辆出租车去机场。驶过灯火闪烁的街道，开上高速公路，静默，风景隐没于浅灰的夜色，接近机场时忽然明亮起来，车停在一片喧嚣中。

之后是一段痛苦的等待。我买了杯咖啡，不小心一半都洒在裤子上。排队托运行李，排队过安检，队都很长，不同种族的人混在一起。终于来到一个相对舒适的环境，又等了很久才登机。飞机起飞，降落，转机很紧张，迅速穿过异国华丽的航站楼走廊，又登上一架飞机，这次是真正漫长的飞行。下雪了，飞机冒着雪雾上升、上升，冲入广漠的白色。我闭上眼睛，苦思冥想。

经过十小时的飞行，我降落在那座古老的城市。这里天刚放晴，有一点春天的样子。接着又是乘出租车，在一条条被冷湿的植物遮蔽的道路上兜来兜去，直至抵达预订的小旅舍。办完手续，我上到三层，走进过道尽头的小房间，关上门，放下行李，坐到床上积蓄力量。半小时后，我站起身，从行李箱内取出电脑，接好电源，准备写作。

我计划在这个房间住七天，足不出户，为一部小说开个头。这是很奢侈的做法，路费和住宿费就要花去我小半年的积蓄，但似乎只有这样我才能进入封闭状态。

小说构思很宏大，我想虚构一部西方文学史，这部文学史与真正的文学史内容相近，只不过时序相反。终点是荷马，这没什么可疑虑的，但是以普鲁斯特还是以博尔赫斯为开端，我想了很久，最终还是选择了博尔赫斯，因为他有一句著名的话："在黑暗中运行的历史将在黑暗中结束。"

整部小说将以荷马为叙事者展开，就是说，这是一部虚拟的荷马晚年写成的肇始于博尔赫斯的西方文学史。这一逆向的传统必须环环相扣，在理论上无懈可击。

七天时间大概只能写出一个简短的序章，但此序章很重要，将决定小说能否被实现，以及能否达到我理想中的样貌。

但是，我在电脑前只打出了两行字就停住了。我从行李箱中取出为写小说准备的笔记，翻了一会儿，竟感到有些陌生：莎士比亚十八岁时娶了比他大八岁的女人。斯威夫特晚年一直在为发疯做准备，后来真的疯了。萨德侯爵死于精神病院。歌德喜欢在桥上散步。席勒着迷于烂苹果的气味。霍夫曼过着法官与艺术家的双重生活。巴尔扎克在二十年间写了九十部小说。大仲马的祖母是黑人。塞纳河上的渔夫把福楼拜的书房当成灯塔，因为它整晚亮着灯。兰波的母亲有虐待狂倾向。纪德的《背德者》初版只印了三百本……这都是什么乱七八糟的。我需要的本来不是这些无关宏旨的逸闻，而是具有建构意义的研究。

发了一会儿呆，我走到窗前，不知何时下起了雨。这是一座阴冷、潮湿的城市，此刻雨水正打在结实的石头房子与参天大树上。距离此处不远有一座举世闻名的博物馆，我不由出了神，开始想象其中的陈设——昏暗的长方形大厅中耸立着一排排展示柜，它们又被分为大大小小的方格，每个方格中都有一件从历史的渊薮中打捞上来的展品。它们奇形怪状，被小心擦拭后，仍显得浑浊、幽暗。我仿佛闻到了那股混合了木料、油漆、尘土、雨水的味道。

雨水模糊了窗玻璃。我转回身，电脑屏幕也变得模糊了，屏幕的那一边好像也在下雨。疲惫感袭来，想象已经无法支撑，房间也模糊了。

还好我及时来到街上，走入雨中。我尝试以回忆填充即将塌陷的想象——去年我真的来过这座城市，我还记得当时樱树静立在雨中的样子。那时我在冷冽的风中,沿着街道茫无目的地走了很远,直到精疲力竭,但除了褐色的建筑物、灰色矮墙、撑开的黑伞,以及樱花外,没有留下更多的印象,于是回忆又滑向不久前的一段时光。

我躺在床上,捧着一本《布宁文集·3》,目光游弋于每页下方的注释:"俄国革命前彼得堡的一所贵族子弟学校。""俄国的一种劣质烟草。""巴勒贝克是公元二、三世纪的圣殿遗址,在今黎巴嫩。"

半年以来,我拿起一本书,注意力仅能集中于那些脚注,读书简化成了读脚注。有一天,我看着那些自己疯狂购入的书,感到奇怪,为什么要把这么多书堆在这里?我忽然对它们失去了兴趣,对文字乃至万事万物都失去了兴趣。

我又一次走进那家疗养院。那是一栋巨大的古典风格建筑,穿过主楼,是一个浓荫密布的庭院,有喷泉和游泳池,向前走是一排木头栏杆,下面是浅黄色的沙滩,再往前是湛蓝的海。

在强烈阳光的照射下,泳池中,一个老太太正在教另一个更老的老太太游泳。我猜测这是一对母女。她们都很胖,女儿力大无穷,她用双手奋力横托起母亲肥硕的身体,使她获得了一个游泳的姿态。母亲也很努力,拼命摆动四肢,扑腾起一片片水花。不远处,还有一个黑瘦、矮小的老太太,正在远眺大海,不知为什么,她的双臂裹缠着好几层保鲜薄膜。

我走到巨型建筑的阴影中,感到清凉,温润的海风徐徐吹来,绿色庭院轻轻晃动着。庭院中心有一棵倾斜的龙柏,繁茂、明净,从我的角度望去,仿佛一股由半空中喷吐而下的绿色火柱。

主治医师来到我身边,这是一个光头、蓄着络腮胡的中年男人。我们在荫翳中漫步,他开始分析我的病情。

"你的病症源于过度运用想象力,为了写作,不断向大脑索取,就像在用一块海绵贪婪地吸食那点可怜的脑汁。你像对待奴隶一样压榨自己的大脑,大脑负担太重,导致了疲劳综合征。适度想象是一种享乐,过度想象是自我伤害。你看看,写小说的名家有几个身心健康的。"

我频频点头,但心里却想着,我怎么可能放弃呢。

"我统计了一下,"他从白大褂的兜里取出一个小记事本,翻开读起来,"斯蒂文森活到四十四岁,中岛敦三十三岁去世,克莱斯特三十四岁,卡夫卡四十一岁,芥川龙之介三十五岁,莫泊桑不到四十三,爱伦·坡四十,奥威尔四十六,林燿德三十四,拉迪盖才二十岁就……"

"可能正是因为恐惧死亡,才总想写点什么。"

"写作有什么用?书不过是灵魂的木乃伊。"

"书不是木乃伊,书还能替死去的人说话。再说写作也是一种认识死亡的方式。"

"人怕什么，就会去认识、思索，一旦弄懂了，恐惧就消除了。但这个模式不适用于'死亡'，人对死亡认识得越清楚，恐惧感反而越强，然后被拖得更深。想靠思考、写作克服对死亡的恐惧，结果脑力透支，疲惫不堪，生命力耗尽，反而会被恐惧吞没。对死亡最明智的态度是悬置。有的人什么也不想，死了，有的人想了很多很多，也死了。"

"没这么简单，除了恐惧还有欲望，让我想想该怎么说，"我思索着，努力组织词句，"这就好像你拥有一家公司，这个公司非常大，看不到边际。公司里遍布尘埃，尘埃中有大大小小的坑穴，里面坐着你的员工，当你路过那些坑穴，员工们就会在尘埃中朝你挥手，他们每一个都是既可爱又贪婪。你知道应该宣布破产、解散公司，可是已经没法支付这么多员工的遣散费了。你开始在尘埃中奔跑，想弄清公司究竟有多大，这个行动看似合理，但是你很清楚，公司是无限的，而你要对它负责。"

"好吧……我只能忠告你，如果你非得写下去，要记住一点：不能挥霍才华。"

"才华这种东西，不挥霍就等于没有。"

雨水洗净了城市，街道两侧盛放着樱花。当我在漫步中再次沉入想象，发觉自己已经来到了火车站大厅。我随便买了张票，然后在空荡荡的候车区找到一个座位。上方悬挂的电视里，正在播放台风登陆的消息。此时我才感到寒冷，单薄的风衣并不防水，我被淋得透湿，坐在那里瑟瑟发抖。但在难以抑制的抖动中，我得以进入更深一层想象。

我的思绪回到了那部有待开启的小说。我想到托尔斯泰，并为其虚构了一种特殊能力：只要他怕死，他就会一直活着。

托尔斯泰意识到其拥有此种能力后，深感忧虑，他无法忍受自己是因为怕死才活下去，同时又担心有一天不再怕死就会死去，还担心这样一直怕死就会一直疲惫不堪地活下去，在病痛中苟延残喘。这种矛盾的心情使他坐立难安，仿佛有一股强力在驱赶他。1908年，他在给友人的信中写下了一段奇怪的话："的确，没有什么能够让我满足并带给我由衷的喜悦，除了把我投进监狱，一所好的真正的监狱，那种气味难闻的、寒冷的、挨饿的监狱……"

火车进站了。我恍惚地走上去，给乘务员看车票。他把我领到一个包厢前，推开门请我进去。我尽力将其中的陈设想象得好一点，期待着想象力的自我滋养与复苏。我脱去水淋淋的风衣，身旁显现出一扇长方形车窗，雨还在下，透过爬满水珠的玻璃，可以看到交错的铁道线绵延伸向远方，信号灯在雨幕后一闪一闪。时间在雨声中缓慢流动。

列车速度极快，各种景物被飞速甩出视野，一晃眼已驶离城市，外面是平坦的绿野，单调而恒定。忽然，我的眼前出现了海，海潮在迫近。前方的铁轨铺设在海岸岩石上，列车如一段颤动的黑线插入拍岸的海浪中。我拧开桌上的酒瓶，自斟自饮起来，甜甜的酒喝下去，胃里生起一团火，驱散了寒气。我坐到床上，只见扑上车窗的浪头一个个溃灭……

我浮上来，回升至感官与现实接触的表层，想象停息了，我仍然躺在床上，闭着眼，干涸的眼窝得到了一点滋润。此刻，只有海风的呼啸仍在耳畔盘旋。

鉴赏家

3

现在,在暴风骤雨的间隙,我得以仔细观察自己的掌纹,并凭它虚构一篇小说。这种写作方法源自对手相学的改造。按照占卜者的释义手册,掌纹被解释为一个人的命运,我们改变这本释义手册,于是命运被篡改成为小说。你或许会说,命运本来就是小说,好吧,我想你自有道理。

学会解读那些纵横交错、弯弯曲曲、看不清始终的纹路以后,一个人只要低下头,摊开手心,便可潜入漫长的阅读。人们还可以互相交换掌纹的痕迹,可以将别人奉献的掌印装订成一本本厚实的书。

一篇掌纹小说通常会有三四条主线,我选择了中间稍长的一条,好了,我们可以开始了。

几年以前,我找到一份还算称心的工作——在一家大书店负责闻书。我独享一间敞亮的办公室,我的写字台比一般的书桌大两倍,上面堆满各种新旧书籍。我要做的是展开书页,将鼻子凑上去用力吸气,之后闭目细品,再按照味道的类型、优劣对书籍进行分类整理。这是一种容易使人变得慵懒闭塞的工作,我常在阳光充足的午后,望着窗台上摆放的一盆垂叶榕投在书堆上的影子发呆。

我不享受周末假期,但是每逢雨雪天气,就可以在家休息,因为潮气会影响嗅觉判断力。有一年,季节错乱了,雨水格外充沛,书店的内壁生出了点点潮斑。书籍散发着同样的气味,那味道是难以形容的,我想可以管它叫"晦暗时光的气味"。在浓重的晦暗时光的气味中,鼻子失灵了,我只好披上雨衣,走进蒙蒙雨雾,回家睡觉。

如果你将自己的掌纹当作一本书闻,你会闻到什么呢?那是香皂、油墨、钱币、药水、铁锈、粮食……的混合味道。这些味道渗入你的掌纹,它们在掌纹小说中被重新分解,钻入主人公的鼻孔。主人公打了个喷嚏,他有点感冒,他还不适应连绵的雨。不过,这些气味很快会在寒雾中消散。他把大衣领子翻起,捂住脖颈。

"今天你又休息,真不错。"

"哦,没什么不错的,我不喜欢雨天,道路泥泞不适合步行。"

我所在的书店在一条胡同深处,不清楚老板是出于什么考虑而把书店隐藏在这里。胡同里有几棵高大的槐树,雨滴打在树叶上,树叶飘落在泥泞中,悄无声息。被雨浸湿的树皮很好闻。

1

雨水在玻璃窗上画出芜杂的图案,我戴着口罩,躺在床上翻阅几年前的《日记学通报》。数月前,在整理书店地下室的时候,我偶然看到了关于日记学的介绍。日记学者多是些文献收藏家,几个世纪以来,他们收购了大量名不见经传的民间人士日记。从这些日记里,可以发现在任何史书中都找不到的信息。日记学者将那些可能引起人们兴趣的内容整理出版,这就是《日记学通报》,其中充满不同时代琐碎的真相和离奇细节。有一些日记本来属于那些隐藏在历史深处的特殊人物,在他们死后,日记被卖给了研究者。

我从一本《日记学通报》中学到了凭借掌纹虚构故事的方法,因此,我如今可以编出这样一个故事。但这并不是最重要的,它只不过是两条较为深远的纹路的连线。我最主要的成果,是在庞杂事件的线团里找到了一些奇异的人,我称他们为

"灾难鉴赏家"。

我有时想干脆辞职在家研究日记学和灾难鉴赏家的事迹,为此我常徘徊在两条命运线之间,其中一条伸向手掌边缘,那之外是什么?也许是一片空气的汪洋,而当我把另一只手并过来的时候,小说便有了它的下半部;另一条向下延伸,上北下南,所以它指向南方,南方连接着手腕、脉搏、心脏。

我也记日记,但只记天气,几百年以后,这或许会对气象学家有用。今天,雨水正向掌纹上模糊的一点流去,天气很糟糕。

4

时间回到1755年10月31日凌晨,一位肤色黝黑、体格健壮的老人肩背一只棕色旅行袋,悄然步入里斯本市区。他一头银发,神情凝重,这让人猜测他曾饱经风霜。他的气质像猎人又像魔术师。他的名字叫威廉·拉尔夫·英奇。英奇在日记里记录了自己进城时的心情:"里斯本还是那么热闹,但在我看来,它又是那么不合时宜地安静。我像个苍老的斗牛士,我的公牛就在不远的黑暗处喷着粗气,但只有我一个人能看见它,这是一头隐形的狂暴的公牛。"

随便找出一本导游手册,你都会见到诸如此类的介绍:里斯本,葡萄牙首都,位于欧洲大陆最西端。从高处俯视,你能看到分布在山丘上的一片片覆盖着红褐色屋瓦的建筑群，浓绿的树丛点缀在白墙间，远处是湛蓝的海面，大大小小的船舶停靠在码头边。

英奇找了一家临近广场的旅店。他敞开窗扇，让来自大西洋的暖风吹在脸上。刚刚在收拾工具时，他的手掌被一把小刀划了个口子，可能是太紧张了，他眯缝着眼睛，看着血慢慢凝固并想起曾有一位巫女给他瞧过手相，巫女的预言他早已忘记，而对于劫数，他并不挂怀，紧张是因为担心期待落空。

可是，这道伤口打断了我的叙事，血污浸没了应当交代的细节，我想只能先跳过去了。

1

灾难鉴赏家是如何预测灾难的？直到20世纪70年代才建立起世界地震观测网，但早在几世纪前，灾难鉴赏家似乎就对各种类型灾难的发生规律了如指掌。也许他们自有一套精密的仪器，或者他们像某些动物一样，对灾难格外敏感？

门铃声打断了我的思路。

一篇掌纹小说是杂乱的，随时可能出现不相干的情节，但是经过观察，我发觉每条纹路都与其他至少一条纹路发生交叉，这就如同思绪彼此衔接交错一样。

找我的是一位邻居，她是个有着灵媒气质的女孩。

"什么事？"

"我家猫死了。"

"怎么死的？"我有点惊讶。

"一开始又拉又吐，我带它去打针，医生说得打三针，打完第一针它就不行了。可医生说是正常现象，又给它打了第二针，打完它腿就软了。又打了一针，就死了。"

我想起前几天，她问我猫病了怎么办，我建议她抱猫去宠物医院打针，现在猫死了，似乎我也有责任。

"和我去把它埋了。"她说着从地上抱起一个圆形大纸盒，它以前大概是装皮草帽子的。

"好吧，稍等，我去换件衣服。"

我拿上一把铁铲和她一同下了楼，我们穿过清冷的花园和停车场，朝楼后小树林中的一片空场走去。雨暂时停歇了，空气里渗透着冷树枝的气味，它令人想起过去的许多个冬天。

我喜欢挖掘，寻觅或掩藏，于是我拨开堆积在一棵高大榆树下的落叶和枯草，挥动铁铲，花了将近四十分钟挖成一个潮湿的墓穴。我们把成殓小猫的旧纸盒放入墓穴，然后埋好。我站直身，长出一口气。周围还有四个小坟头，分别埋葬着曾经陪伴过她的兔子、狗、鹦鹉和另一只猫。树林外的河岸上，一个技巧拙劣的演奏者在摆弄圆号，那东西发出的声音断断续续，十分刺耳。

5

1755年11月1日之后的很长一段日子里，里斯本幸存的市民都在忙于修造坟墓。但其中没有威廉·拉尔夫·英奇之墓。据说，那次有感半径达2000公里的地震，摇响了欧洲许多教堂的大钟，巴黎圣母院、伦敦圣保罗教堂、佛罗伦萨大教堂、科隆大教堂、梵蒂冈彼得教堂……钟声洪亮悠长，然而那无疑是丧钟。

当时，英奇刚起床不久，他还未从旅途劳顿中恢复。外界的喧嚣显得非常遥远，他将烟草的灰烬弹落在靠窗的桌面上。他抬眼望见天边的云雾翻滚着化为浑浊的海潮，一阵晃动，他摔倒了，烟烬先是扬起，之后随同天花板上撼落的灰尘缓缓飘到倾斜的地板上，仿佛一场微观的雪。

他等待已久的鉴赏时刻终于降临了。

新码头陷落了，涌到那里的人群被卷进180米深的海下深渊。建筑物跳动着，抛出自身的各个构件，随即坍塌化为冒着浓烟的废墟。天空中飞翔着瓦片、石块、断头的动物和人的肢体。大地开裂，又闭合。英奇静静体味着。

"毁灭是美的近义词。"后来他在日记中这样写道。

9

我重新躺到床上,闭起眼睛回忆上星期的那个和煦的日子。那是在我连续游荡了几天之后,大雾散尽,我回到书店上班,给窗台上的垂叶榕浇水。案头已经积压了不少新送来的书,但我还是先在办公区的走廊里转悠了一会儿。没见到一个人影。我的同事都是些沉默寡言、忧心忡忡的人,他们就像一些受过惊吓的小动物,喜欢在自己的巢穴里缩着,他们从不主动问我问题,只愿意谈论几句天气情况。我对这样的人际关系感到满意。我暗想,他们大概都有着不可告人的过去,或者是些身怀绝学的隐士吧。

正当我准备转身回屋的时候,老板的秘书朝我走来,"老板找你。"她说。

老板是个神情忧郁的中年男子,他的面容总让我想起毕加索蓝色时期的一幅肖像画,那是一位显露出绝望与冷漠的优雅之士。老板注重对简单动作的鉴赏和锤炼,他认为与其去练艺术体操,不如练好一个日常生活中使用的动作,比如握手。老板与人握手很讲章法,他先将右手藏在衣兜里,如同藏着一只猛禽,这时他看准你的手,不等你反应过来,你的手已然被他抓住。他的手总是冰冷的。

老板的办公室里挂着一幅《被征服的读者》的仿制品。办公桌在画的右下方。他背对窗户坐在办公桌后。窗台上摆着一盆垂叶榕，地上铺着灰鼠皮颜色的地毯。如果要纠缠于这间办公室的各式摆设以及光线情况等细节，那么就得找来放大镜对掌纹的细枝末节进行一番耐心考察，但是，在这暴风雨还未过去的夜晚，四周一片昏暗，我不得不打消这个念头。

"您找我？"

"对，我发现有人动过地下室的《日记学通报》了，听说你去过那儿？"

"是我拿回去看了，您要用吗？"

"没关系，我只是想问一下，你发现'灾难猎人'了吗？我管他们叫'灾难猎人'，不知道你怎么称呼他们？"

"我叫他们'灾难鉴赏家'……"

"那我们应该握握手。"

2

在那次谈话之后，我开始写这篇掌纹小说，但进展缓慢。我知道有些纹路虽然若明若暗，却能贯穿整个手掌，这样的纹路可以称作"伏线"。但是，由于缺乏匠心又无意故弄玄虚，我放弃了为小说设一伏线的构想，所以，它只能流于浅显与杂乱。

早在我刚到书店工作时，老板就向我推荐了一项消遣——我们那时常在雨雪天结伴到书店附近的一个小剧场听极慢乐。

极慢乐的主旨是无限延长两个音符之间的空白，演奏几个音符就要占用几个小时。剧场供应饮料，座位很舒适。在两个音符之间，我会进入梦乡。在进入梦境之前，我喜欢想象自己在一列缓慢行进的火车上，车厢里只有我一个人，窗外是荒凉的旷野，许多孩子在铁路边奔跑，还有一些中年人穿着松软的灰色睡衣在那里漫游。老板却听得很认真，每回我睁开惺忪的眼睛，都看见老板正注视着演奏极慢乐的乐师，他大概能通过等待，发现声音与时间近似的韧性。

大约是在1937年冬天，在伦敦一家小音乐厅里，一个叫非司的年轻人第一次演奏了后来被称为"极慢乐"的音乐，当时听众不到二十人，非司在十一个小时里只奏响了七个音符。尽管事先做了充分说明，但在演奏进行到第九十分钟时，观众已经走光了。

此后，非司又发明了"极微乐"，即在演奏中尽量压低声音，他认为这可以帮助听众克服懒惰的习性，在他看来，"音乐应该是对耳膜的锻炼和苛求"。

而在威廉·拉尔夫·英奇1755年10月31日的日记中，他记述了一段与此有所呼应的经历，那是在劫难降临的前夜，英奇到旅馆旁边的一家酒馆进餐。在那里，他见到了一位古怪的演奏者，五十来岁，须发洁白，他端坐在椅子上，双手敲击着面前的空气，动作娴熟至极。谁都能瞧出来，这位老者是在弹奏一架假想的羽管键琴。这是一次凭空演奏，没有声音，只是手的游戏。

"如果熟悉演奏技巧，你是可以在他的动作中看到音乐的。"英奇评论道。演出结束后，寂静被打破了。

6

我们可以设想这样一个世界，在其中全部声音都会被积压在一起，在寂静中等到一个时刻——一个节日，一并迸发出来，那么人们又如何听到他们想听的东西呢？一年中所说的每一句话只能在一个特别的日子响起，这样所有的话音都将湮灭在喧嚣里。那这个世界的人们，为听一段音乐就需要格外克制，长久地缄口不言、轻手轻脚，只允许一个人，一名乐师，拉一首曲子。但是，或许他们早已学会从手的游戏中分辨和感受乐曲了。

现在，暴风雨即将远去，而我也已兴味阑珊。我将从掌纹中分辨出这篇小说的结尾，许多脉络还没有交点，我无法给它一个完备的终局。

1960年春天，失败的音乐家非司孤身前往智利旅游，初夏的一天，他在20世纪最大的一场地震中丧生。至于为什么会有如此巧合，无从考证。

英奇的最后一篇日记写于1770年12月15日，讲的是他理想中的职业,他希望在一座古老而简洁的城市中当一名守夜人,负责唤醒那些梦游症患者。有日记学家推测他死于一次不知名的海啸,另一种说法是,他在与孙女下跳棋时心脏病发作,不治身亡。

在匆匆了结几条线索以后,我犹豫再三,决定将已完成的小节拿给老板看一下,我想听听他的评论,但秘书说,老板已失踪多日。

她代替老板读了我的草稿,之后笑着问我:"你知道约翰·凯奇这个人吗?"

我茫然地摇摇头。

这条纹路还未被截断,但已逐渐转入细微,悄然隐退了。

雅努斯

两个人,几乎同时从东西两侧推门步入这个白色房间,礼节性地握握手。之后是抽签环节。一只盒子,灰色立方体,摆放在方桌中央,朝向天花板的一面有个洞。把手伸进去,摸索,取出一枚形似筹码的圆片,其上印有"我"的字样。另一个人随后取出一枚圆片,上面印着"他"。

"这样简单多了。"

"简单多了。"

我们来到毗邻的房间,房间中心是一张宽阔的长桌,桌上背靠背摆着两台电脑,它们完全一样,无须选择。我们各自落座。这时我们就像写字间里隔着电脑相向而坐的同事。

屏幕上显示的是即时通信界面,我们可以看到彼此在电脑上打出的文字。由我开始,然后是他,然后是我,如此反复,一次打出一段,统共不得超过三百六十一个段落。

——上个星期天，黄昏时分，我在父母家整理自己的旧物。主要是书、笔记、相片，还有小画片、贺年卡、扑克牌一类破烂，意外地翻出我们二十一年前的信，你写给我的和我写给你但没有寄出的信。我把它们重读一遍，然后全部撕毁了。

　　——这时乘务员出现了，一身黑色制服、骨瘦如柴的家伙，他要与我们合影，并说这是岛上的规矩。大家都不情愿，与素不相识甚至没说过一句话的人合影着实莫名其妙。但是没办法，这座岛对于我们是如此陌生。我们磨蹭着站起来，在靠近车厢门口的地方勉强凑成一堆，有三个人不得不蹲下。

　　一般起手都是这样迷惑人的段落，虚虚实实，我们尽可能不让对方猜出自己想写的那个故事是什么，一旦被猜中，彼方便可先将故事写出来，己方就得重新构思核心故事，于是阵脚大乱。但也不能游离过远，不着边际的段落会被系统认定为败笔，同时对于完成写作也是一次浪费。

　　——这座岛很大，甚而把它称为"岛"是一种贬低。我们的目的地是葛尔辉先生的领地。

　　我故意接着他的段落内容写了一段，之后他不能再写"这座岛很小"，这种接龙手法是为扰乱对方的构思。但是，我写"岛很大"却也给他留下了空间。

　　——转过年，还是四月，我们又走入这家旅馆，它的外墙受潮气侵袭,比之去年更为灰暗了。暴风雨刚过,院落中的泳池里漂着几片落叶,一个人也没有。

他不动声色地继续写道。我揣测他要写的是一篇以海岛为背景的小说,而我的故事也可安放在海岛上,那么接下来将是对这座岛屿的争夺。

——认为"人生如梦"的人必定与认为"人生如戏"的人有着根本的不同。

这一段看似跳脱,实则是我故事的开始。

——我从窗口望去,又看到那座山,还有山上的亭子。每年我都想去山上看看,从亭子俯望这座旅馆,唯有完成这一视角转换才能心满意足。我决定今夜出发,哪怕会引起妻子不满……还有就是走夜路的风险。

——我一边走一边仰头想看清远处的亭台,而它已然被四周高大的建筑遮挡住了。

——妻子和孩子入睡后,我悄悄走出房间,半小时后,已进入那片黑漆漆的森林,穿过森林便可抵达我的目的地,但要走很久,很可能天亮时还无法折返。这时,前方出现一团白光,渐渐清晰,是一匹闪着磷光的白马,安静地站在树下。可以骑马穿越森林。我朝那匹马走去。

他在继续写着,这说明我并未触及他的核心构思。我放弃了继续跟踪扰乱他的打算,我有自己的故事要写,不能让这些枝蔓影响我的构思。

——"没有字母就没有我。"在旧书店昏暗的光线下，在泛黄的书页间，我发现一张薄薄的信纸，手写的文字，第一句如是写道。我一下被吸引住了，但很快意识到，这句话是："没有父母就没有我。"随即失去兴趣。在一旁翻书的他，转过脸来问我："发现什么了？"

——我骑在马上，起初它走得很慢，后来忽然加速，在冷雨中奔驰。我死死抓住马鬃，寒气一股股流过我的身体，冰冷刺骨。

——葛尔辉先生的领地被连绵的白色、灰色建筑所覆盖。这些建筑物皆属柯布西耶的作品。葛尔辉是位富人，也是一位柯布西耶作品收藏家，他将尚存于世的柯布西耶作品通通买下，之后小心拆解，运送至此地，再重新构建起来。这些建筑彼此串联，形成规模庞大的整体，俨然一个错综复杂的独立王国。

——这匹马像是永远不会停下，森林也仿佛永无尽头。我快被寒冷、疲倦所摧毁，开始产生种种幻觉。

——走入此建筑群后极易产生幻觉，假如没有向导指引一定会迷路。我们没想到葛尔辉先生会亲自来迎接，"欢迎来到柯布西耶星！"他兴致很高。这个矮小男人有着一头银色短发，目光锐利，但刻意做出随和的样子。过道安装了步行传送带，扶手上有一只带旋钮的白色装置，供随时调节速度。但遇到各式各样的楼梯，还是得自己登上去。

——我侧着头，眼看另一匹马从我身边跑过，那是一匹黑马，上面坐着个一身白衣的人。但我随即醒悟到，那其实是一具骷髅。

我的故事不是关于建筑物或收藏家的，只是在故布疑阵，而他也没上当，自顾自推进他的叙事，好像并未注意我在写什么，这有点刺伤了我。

——"关于一份手稿的遗失，他在写给别人的一封信中表示了同样的情感；信的要旨是这样的：'我有一份副本，否则遗失了这份手稿将会置我于死地。'"（《达尔文生平及其书信集》）

我给出一段引文，在一局书写中，每人只能使用一次引文。在完全没有必要，就是说，我的叙事未遇到任何障碍的情况下，轻率地挥霍掉这项权利，也许会让他感到吃惊吧。

——当我醒来时，发现自己在一片沙滩上，我已来到岛的边缘。

——当他说出他的计划，我顿时感到他的头变成了一个黑洞，将周遭景物全部吸了进去。

——梦讲完了，我站起身，走到窗前，拉开了厚实的浅灰窗帘。

——不知不觉间，我们已迈上较高的楼层，透过落地玻璃，可看到一座雕塑立于弥漫着白雾的庭院草坪，简单、抽象、粗硬，给人意象派诗句般的坚实感。葛尔辉不时向我们介绍着，"这是为魏森霍夫居住区设计的住宅，看，那边那栋，它以前在塞纳河边，被我搬到这里来了……"他究竟还要带我们走多久，这如入梦境的穿行还将持续多久？

——我沿着沙滩朝前走，视线中偶尔闪出几个游人。这一带大概并不属于公共海滩，但似乎也无人管理。我的左侧是一片松林，其中几棵古松仿如生着绿色鳞爪的龙，右手边是灰蓝色的海，海浪有节律地冲刷着沙滩。沙地柔软，我脱掉鞋，提在手上，光着脚反而好走一些，还可以不时踏入海中。

——而我有另一个计划，或者说是两个计划，第一个将我的头脑变成和他一样的"黑洞"，而第二个更为疯狂。

——前边人多起来，大概是个海滨浴场。日头当空，沙滩上白色的肉体暴露在日光下，许多人扑向大海。我累了，在一处阴凉的角落坐下。

我仍猜不出他要写什么，好像只是信笔写着，一个人在沙滩上走呀走，如此而已，那么我赢定了。

——实现第一项计划就用了将近三年时间，最终完成则得力于此次旅行。不知葛尔辉是怎么注意到我们的，多半是通过某个好事之徒。

——有个小男孩在我旁边玩沙子。我漠然地看着他游戏。他在建沙堡。他太小了，大概只有三岁，雄心勃勃，却总做不好。几分钟后，我发觉自己已经成为他的伙伴，我们在一起堆砌沙堡，这件事是如何开始的？他的神情如此专注，将我的加入视作理所当然。在我的协助下，一座恢宏的建筑拔地而起。这时有个小女孩，也是三岁左右的样子，被吸引过来，拿着一柄小铲子加入了我们。海滩上的人越来越多了。

　　——"在这里你们可以安心完成工作。从自己房间就可以打开通往工作室的门。想吃点什么就去餐厅，要是嫌费事，传话叫人送到房间也行。想休息一下，散散步，从那边走出去，有一座平台，从平台的楼梯下去就是沙滩。现在，好好休息吧。有事随时叫我。"葛尔辉先生说完，分发给我们两张门卡，之后说了声，"晚安，两位。"便转身走了。

　　——有个女人的声音从背后传来，"看着孩子，我去游会儿。"我回过头，看到她站起来，懒散地走向我们，递给我一听微凉的可乐，之后向海走去。她应该是小男孩的母亲，一开始我就发觉她在看着这边。但她和我说话的语气就好像早已认识我，就好像我是她丈夫。

　　——我注视着沙滩，心里盘算着如何将我的第二个计划讲给他，这将决定我们两人的前途。

　　——过了一会儿，小男孩对沙子失去了兴趣，他说他要去找妈妈,"你去吧,我在这儿看着你。"我说。他走到小女孩面前,大声说:"我要下海了!"小女孩抬起头说:"好,你去吧!"小男孩向光芒闪烁的大海走去,我喝着可乐,目光追随着他的背影,毕竟人家让我看着孩子。我看见那位母亲从海里走出来,在近岸浅浅的波浪里等他,于是放心了。

——没有人知道我们在很早以前就认识,而且是好友,很多人以为我们是暗中较劲的对手。从前,出于下意识的自我保护,我们不约而同地未将这份友谊暴露在公众面前。这一点帮了我的忙。

——小男孩和母亲一起回来了,他们在距离我和小女孩不远的地方重又安顿下来。男孩显然已经把我和继续玩着沙子的女孩忘了。女孩也已经忘了他。几分钟前他们还曾那样郑重其事地道别。

——我打电话给他:"你看到那些评论了吗?"手机里传来他得意的声音:"看到了,和你预料的一样。注意保密。""当然。"

——下午,海滩笼上一层昏黄发旧的光。两个老人在我前方坐下,遮挡了我的视线。"据说这片沙滩上发生过很多事啊。"一个老人说,嗓门很大,像是故意给我听的。"是啊,我记得有人在这里看到一个怪物从海里爬出来,是凌晨的时候。"另一个嗓门也不小。"好像有这回事。还有个男的在这片沙滩上被人打死了,是个名人。也可能是在别处被打死,夜里给扔到了沙滩上。""那是二十多年前的事了。""还有更诡异的事,听说有人买到一张唱片,唱片的封套上写着:这是海妖的歌声,谁听了就会出海。这人听了唱片,之后就出发来到这片海滩,就在这附近,跑进海里,一直向前游、向前游,再也没回来。""我也听过一个故事,有个老头很寂寞,没有亲人也没朋友,他想出一个办法,自己打印了许多寻人启事,许下重金,而要寻的人就是他本人。他到处贴寻人启事,一边贴一边期待有人来找他,结果真就迷路了,他又急又累,晕头转向,直到人事不省。等他清醒过来发觉自己正在这片沙滩上。他坐在这儿等了很久很久,但是没一个人来找他。""这个老傻瓜就是你吧?""是你吧?"两个老人你一言我一语,像在回忆,又像是即兴编着故事。

他很可能已经识破了我的构思。我想写的是两个作家,他们是好朋友,却没人知道这一点。他们在创作上都遇到了瓶颈,被批评一再重复自己,于是他们中的一个,也就是"我"想出一个办法:在新作完成后,彼此交换,以对方的名义出版。两个作家在创作的最后阶段,被一位巨商葛尔辉请到他的海滨建筑群中,"我"把计划告诉了"他",之后付诸实施,并取得了成功。

而现在,他已触及了这个故事的核心——两个编故事的人。我必须做出调整。但对于他要写什么,我仍一头雾水。

——但在最后时刻,他们选择在沙滩上决斗,只有一个人能活着离开,死者的一切都将归胜利者所有。

——我靠近大海,此时一个异象摄住了我。海上翻涌的波浪化作一张张人脸,整片海由面孔组成。无以计数的面孔平铺开去,无边无际,他们嘴唇翕动,像在讲着什么。但耳畔只有海风呜咽与背后传来的钟声。我跪下,把耳朵贴近冲向沙地的海浪,在面孔破碎前的一刻,捕捉到了泡沫般的只言片语。

我的思路断了,他伸了个懒腰。

"休息一会儿,出去走走吧。"

"出去走走。"

我们几乎同时起身,向那扇白色木门走去,推开门,是一座宽阔的平台。天空阴沉,风冷飕飕的。我们一前一后来到平台护栏边。几步之外有一道阶梯通向下面的沙滩,再往前是灰蓝色的海。

"这建筑既坚固又梦幻。"

"既坚固又梦幻。"

"看到那边的山了吗?"他背靠围栏,斜指向远处。我向那边看去,是一座不算很高的山,山顶隐于雾中。

"上面有座亭子,从那里可以看到我来时住的旅馆。"

跳

有人将写作比作长跑,且可不计快慢,谁能坚持到底,谁就赢了。相应地,我想,也可将写作比作另一项运动——跳高,跳多久、跳几次无关紧要,关键是跳得最高的一次有多高。

人们很容易想到一系列长跑型写作者的肖像,他们在古稀之年仍时有新作问世,其作品目录可以占据三四个页面。他们多为成功者,各种颁奖典礼的常客,访谈录、回忆录的主角,慈祥、睿智的化身,致敬与被致敬游戏的玩家,笑到最后的人。

那是一张张布满皱纹的脸,稀疏的白发,考究的着装。如果说老诗人总有几分农民气,那么老小说家似乎都有点像船长,从他们的相貌,我们便能想象他们的船会是什么样的。我们想要找到一帧大师年轻时的照片都挺困难。有时我们会忽然意识到，他们还活着，在模糊的印象中，他们本应属于另一个时代，本应早已去世。

而跳高型作者或者短命，或者被认为才分不够，过早耗尽灵感，匆匆隐退了。很可惜，文学是相对主义者的乐园，没人能清楚判断谁是世界纪录保持者，提前退场的人很容易被视为失败者、被淘汰的人。但是，仅凭薄薄一册"全集"在文学史上留下名声者或许才是最厉害的。

跳高型写作者更有尊严，心知不会跳得更高，便会厌倦，会自觉放弃，这无疑让读者、研究者节省了时间。他们昙花一现，献出全部灵光，文学的名利场之于他们则是陌生的世界。

但话说回来，长跑比之跳高更为日常，跳高不属于健身运动，缺乏广大爱好者的参与，而长跑却可融为生活的一部分。长跑型写作者可能没那么刻意，写作是他们的一种习惯，是生活方式。他们热衷于书写伟大著作，无非是为生命寻得一个目标。总之一句话，他们无法过一种不写作的日子，这是他们坚持写到老、写到死前一两个星期的真实原因。

那么我自己属于哪一类写作者呢？很难判断。幻想中，我应属跳高型，我期望在最高点戛然而止，但问题是，我总觉得下一次还能更高，于是一次次起跳，这样时间一长就变成了另一种长跑，身后留下心电图般的轨迹。我想这也是许多写作者的常态。但是，随着越跳越低，我渐渐慢下来，喘着气，看着前方的横杆,心知跳出新高度的可能性已然极小。

现在,我经常想,放弃写小说后要做些什么?阅读思想史,或者努力将一直纠缠我的哲学问题想清楚,或者转向大自然、博物学乃至自然科学?也可以回归我所学的专业,法律。还有就是让自己沉浸于古典文学,据说对身心有好处。此外,我对于精神分析的兴趣也从未完全消退……这就像一个一身伤病的运动员在琢磨退役后干点什么,要是什么都不做,大概会迅速变得臃肿、衰颓。

正是在此转折点上,面向小说写作终结的可能,我开始回忆这一切是如何发生的。于是在脑海中倒带,从落地到跃过横杆上缘的一瞬,再到起跳、助跑、在更衣室准备,之后是走在通向体育场的路上。那么我是怎样走上这条路的呢?

一幅画面徐徐展开:北京的冬季,空气中带着淡淡的煤烟味,天黑得很早,路边有一排带简陋顶棚的小书摊,每个摊位都挂着一只梨形的电灯泡,发着明亮刺眼的黄光。我站在书摊前翻看着奇奇怪怪的书。当时书摊上不乏经典作品,我记得曾在那里买过一部错字连篇的《梦的解析》和上下两卷精装版的《尤利西斯》。而引导我去读这些书的人,是个十分古怪的高中同学,我叫他"老寇"。日后回想,老寇身上有着某种魔鬼般的气质。说来奇怪,在我人生的各个阶段,总会出现这类带有几分魔鬼气质的伙伴。

老寇的眼球向外凸,黑眼珠小,眼白多,鼻子大,头也大,这与他矮小的身形不成比例,所以他总把身板挺得笔直,但挺直后胳膊又显得太短。整体看,他像一只鲸头鹳。他梳着中分,喜欢不时把头一甩,做出一副爽朗的样子,可他说起话来却带着哭腔儿,还常会发出阴森的怪笑。

高一第一学期,我和老寇有点互相看不顺眼。但是后来,可能因为我们都被其他同学孤立了,于是成了朋友。老寇以诗人自居,喜欢在一个本子上用铅笔写诗,字写得像女生的字那么细小,与其形象反差很大。他的诗我只记得两句:"有时,我出门不关门/有时,我走路不拐弯"。

我是从他那里第一次听说顾城的,他给我看顾城的照片,还告诉我,顾城头上戴的那一截牛仔裤不是帽子,是"长城的一块砖"。他神秘兮兮地讲述了顾城自杀的经过,当时我感到很恐怖,就像小时候听外星人来地球的故事。

他借给过我一本戈麦的诗集,《彗星》。我翻开诗集,第一首诗有一句"我排队/排二百七十七页纸的空白",我翻到最后,发现这本书是二百七十八页,就是说,对这一页来说,其他二百七十七页都是空白?我问老寇,是不是作者故意这么安排的?他说,这本诗集是戈麦自杀后他朋友编的,只是巧合。

那时班里还有个热爱文学的同学,我们叫他"老曹"。老曹虽然只是高中生，但和不少作家都有交往。老曹比我们成熟，思想复杂，一走出校门他就拼命地抽烟。我听说，这个身形瘦小、貌似猿猴的老曹已经写了几百万字的小说。他常凌晨披一件绿色军大衣在街上徘徊，寻找灵感，长期得不到灵感就会自残，比如给自己胳膊上烫个烟花儿。

有一天，老寇悄悄告诉我，老曹趁家里没人，在阳台上把他几百万字的书稿都给烧了。老曹一边烧一边哭，他知道自己没才，成不了一个作家。讲完后，老寇阴森地笑了。

过了几天，老曹叫我跟他去转转。我们走到教学楼后一个背风的地方，他点上烟，告诉我，老寇这家伙有神经病，他初中的时候和一群人去打架，没人叫他，是他自己跟去的，打架的时候他也没动手，就远远看着。之后有人被打伤了，人家就来调查了。审到他的时候，还没怎么着，他就开始哭，然后把那天打架的几个人全给供出来了。从那以后，全校的痞子见到他就打。

但这段故事并未影响我和老寇的友谊，因为我从来没把老寇当成正常人过。

老寇开口闭口都是弗洛伊德，他会让我讲述自己的梦，然后问一系列莫名其妙的问题，但并不对梦做出解释。后来我意识到，他对精神分析的兴趣，实则是对性的兴趣。他还喜欢讲"后现代主义"，他会说，这个小说是现代的，那个小说是后现代的。但我搞不清楚他的划分标准,"后现代"于我始终很神秘。

这便是我最初受到的纯文学启蒙了。

上大学后,我和老寇仍有通信联系,那时候的信还是用笔写在纸上的。老寇惯用铅笔写信,细小的字迹写在残破的作业纸上,每次都写一大沓。内容多为琐碎小事,偶尔也谈到文学。我印象较深的一封信写的是他如何勾引了一个女同学,他说那个女同学长得很丑,他们躲在学校图书馆的一排书架后面接吻,他感到十分恶心。

写完上面的段落,我陷入一种恍惚出神的状态,我似乎看到了自己人生的尽头:在一所小公寓的卧室内,一个饱受病痛折磨的老人躺在床上,头部被稍稍垫高,前方有一台电视。那是我在看电影,一部接一部,都是我最喜欢的片子。我的病榻周围堆满了我最爱读的书和一些零食。

我大学读的是法律专业,但对哲学更感兴趣,看了不少哲学书。是什么让我沉溺于哲学呢?细究起来,可能是自卑感以及由此而生的对于具体事务的拒斥。哲学是一种慰藉,但不在于它告诉了我什么做人的道理,而在于它极大地转移了我的注意力。

此外,便是一些抽象的困扰,譬如我会为"我怎么知道我死以后世界依然存在?"这样的问题苦恼。这种苦恼根深蒂固，有时会让我连续几天无法安然入睡。

给我最大启示的哲学家是维特根斯坦。我曾经买过一套《维特根斯坦全集》，差不多全读了。但是许多年后，听一位很权威的老师讲，那套全集一个字也没有译对。

大学毕业之后，我在家准备司法资格考试，这期间我写了一篇"哲学论文"。我很想和人交流，就托熟人辗转联系到一位哲学老师。我读过他介绍维特根斯坦思想的文章，以为他是可以理解我的。

这位老师收到"论文"后，主动联系了我，还邀请我去他家做客。

他住在一个偏远的地方，是一座新建的高楼。他家很大，刚装修过。我们没怎么寒暄就开始讨论起哲学，话题渐渐转移到唯我论的问题，之后发生了争论，焦点是唯我论是否自洽？他认为自洽，我认为不自洽。我很惊异，研究维特根斯坦的老师竟然会认为唯我论逻辑上没有问题。在争论过程中，老师去了几趟卫生间，看样子他身体很糟糕。每次从卫生间回来，他都会先说一句："你的论证太跳跃了，你从头开始一步步论证。"

辩论中，我提到了维特根斯坦的一位学生马尔考姆，老师说那个人根本不入流。我不清楚马尔考姆是否入流，一时不知说什么。以此作为论据，似乎老师赢了。

我们都累了,坐在沙发上喘息着。他忽然对我说,他现在已经不带研究生了,他可以把我推荐给另外两位专攻分析哲学的老师。我茫然地看着他。

"你不是要考我的研究生?"他问。

我说我没想过考研究生,我外语很差,考不上,也没兴趣。

他很诧异。

我说我只是来跟您讨论哲学的。他沉默了。

过了许久,他问我除了哲学还读些什么书。我说还读些小说,卡夫卡、川端康成、三岛由纪夫,诸如此类。他说这很好,建议我多读文学,说文学对身心有好处,不像哲学。

其实,那时我读文学书,是为提升自己的语言,好为写哲学书做准备。但他的建议也许进入了我的潜意识。

告别时,他把我的"论文"还给了我。我拿着"论文"走出了那栋崭新的大楼,我记得那天非常冷,狂风大作,阳光却很猛烈,每一样事物都格外清晰。坐在公交车上,我看着车窗外闪光的世界,心里还在想着:"唯我论是不自洽的,唯我论是不自洽的!"

大概也是在那个时期,我在一本文学刊物上读到一篇小说,讲一个年轻男人热爱哲学,但在与现实的碰撞中屡屡受挫,后来他跟一个面孔像一张油饼一样的女人结了婚,完全沉沦于世俗生活，哲学对他变得毫无意义了。

我读后感到很愤怒，我想这篇小说的作者并不真正了解一个被哲学问题抓住的人是怎样的。我当时很确定，无论未来怎样，我将不会为自己在哲学上的努力后悔。事实上，现在我还在为一个哲学问题苦恼，每天都在苦思冥想，这个问题可简要表述如下："一个人照镜子时，他究竟看到了什么？"

通过司法资格考试以后，我找了一家事务所做实习律师，实习一年后转为执业律师。这段经历在我记忆中已变得很模糊，印象深刻的似乎都是些荒诞的小事。

我记得曾经去看守所会见一位犯罪嫌疑人。那是个看上去纤细、文静的女孩，她和她男友一起在葫芦岛偷铁，她负责开卡车，结果被当场抓住了。会见结束时，她说："朱律师，你真的不像律师，你应该改行干点别的。"我听了很生气，想说她也不像开卡车的，但没说出口。不知为什么，日后想起这件事，我总会想象那座看守所位于海边，看守所墙外有几棵松树在海风中轻轻摇动。

不做律师我还能做什么呢？我喜欢在脑中虚构一些轻松的职业，比如"海浪计数员"，其工作是在海边统计海浪拍打海岸的次数。一天之内，海浪一共拍击了海岸多少次，总得有人数一数。在荒凉的海滩上戳一把旧帆布伞，坐在伞下的破藤椅上，手里拿着笔和本，海浪每次冲刷过来，便在本子上画一道，就这样一道一道画下去。

另一个印象也与看守所有关。有一次我和一位老律师去了一座十分阴森的看守所，那里有一扇厚重的大铁门，当我们走进去，铁门立即在身后关上了。建筑内部昏黑一片，我看到一个戴脚镣的女人被人领着穿过幽暗的走廊。

我们去会见的是一位相貌酷似狼人的小伙子。他醉酒后把餐厅的女服务员咬成了重伤。狼人小伙在看守所里勤学好问，对于刑法、刑事诉讼法已了然于胸，他的双眼闪闪发光，不时提出刁钻的问题考我们。

从看守所出来，我告别老律师，去某大学旁听哲学课。当我步入那所大学，走在熟悉的林荫路上，真有从地狱来到天堂之感。

对我影响最为深远的一件事，发生在我的律师生涯接近终了之时。那并不能算一个"案子"，只能说是一件陷入轻微混乱的麻烦事。

有家北京的公司因为欠钱被告到了承德某法院，但这家公司始终没去应诉，结果法院做了缺席判决。之后他们又拒收判决书，法院于是采取了留置送达。但到了执行阶段，他们声称找不到判决书了，希望法院能再给一份。法院让他们派人去取，顺便要好好谈一谈。而这家一再逃避的公司是我所在律师事务所主任的顾问单位，取判决书的任务就这样落到了我头上。

主任先是领着我去公司了解情况。他们盘踞在一栋破旧、昏暗的二层小楼里，办公室也不开灯，几个人不停地抽着烟。等我的双眼适应了微弱的光线和浓重的烟雾，才把他们的面目看清一些。这无疑是一伙江湖人士。老板身穿一套古怪的制服，戴黑边眼镜，自始至终沉着脸，未发一言。副总对原告一方大骂不止，一头长发甩来甩去，骂到兴起，撸起袖子，露出了小臂上的文身，四个古拙的蓝字："孝敬父母"。在两位老总身边，站着一位不明身份的彪形大汉，他也不说话，但会追随副总的谩骂有节奏地爆发狂笑。我注意到，他的一只手少了根无名指。

后来被打发与我同去承德的，是公司的办公室主任，姓刘，六十岁上下，看起来一本正经，与其他几位颇为不同。

那是在冬季，我们要乘早上发车的班列去承德。我到火车站时天仍黑着，除了简单的行李，我还随身带了本维特根斯坦的《论确实性》，以及一兜子苹果。苹果是我们事务所主任嘱咐我带的，说在火车上要主动请刘主任吃苹果，给顾问单位的人留下好印象。

在火车上，刘主任和我一个接一个啃着苹果，他反复强调，事儿办成办不成不要紧，关键是，我们得平平安安回北京。我不住地点头。车窗外闪过一座座光秃秃的石头山。

一下火车，我的羽绒服就被寒风吹透了，我第一次领略了避暑胜地的严冬。我跟着刘主任找到一座关帝庙，在那里接应我们的是当地一位道长，此人五十来岁，留着络腮胡须，头上绾了个髻。刘主任告诉我，道长的师父和他们老板是忘年交。

道长为我们安排了住处。按约定，第二天我们就要去法院领取判决书。

这一天还有些时间，主任一定要到景区看看，似乎这才是他此行的目的。可是在这个时节，山城中鲜有游人，景点都极冷清，众多庙宇大半黑着灯。我们在昏暗寒冷的寺院中转了转，感到索然无味。于是又去棒槌山，这时已是下午四五点钟，公园闭园了，只能远远地看一看那根棒槌形状的巨石。呆望着巨石，我忽然感到自己正经历的一切是那么地荒谬。

转过天，刘主任一觉醒来忽然开始疑神疑鬼，他说债权人肯定和法院商量好了，咱们去了就得被扣下，公司不还钱就不放咱们回去，但是公司欠了一屁股债，连他的工资都还欠着，连这次来承德的差旅费都不知能不能报销。刘主任又说，那个道长是当地人，当地人互相都认识，他可能已经把咱们出卖了，债主马上会找来，咱们得赶紧离开这家旅馆，说完便慌慌张张收拾行李。我只能跟着他逃出了旅馆。

天色阴沉，北风呼啸，我们拉着行李箱在承德街头流浪。刘主任想买车票回北京，但我觉得这样回去实在无法交差。我给事务所主任打了个电话，讲了刘主任的担忧。我们主任发怒了，吼道："你有毛病啊，赶紧给我去法院！"

我挂断电话，把刘主任放在一边，打车去了法院。

在温暖祥和的法院办公室里，接待我的法官耐心地讲述了案件的来龙去脉，然后交给我一份判决书副本。这时，刘主任和道长一同赶来了。刘主任说了许多场面话，道长则与法官拉起了家常，气氛轻松愉快。

我们走出法院时，外面在下雪。

回到旅馆已经是中午，本来应由刘主任做东请道长吃个饭，但他又变得惶惶不安，说还有事要办，便消失了。

道长和我来到宾馆一层的小餐厅。我们要了火锅，点了几大盘羊肉片，一瓶白酒，吃喝起来。餐厅灯光昏黄，没有其他客人，窗外已是白雪茫茫。

喝到迷迷瞪瞪时，道长问我要不要算一卦。我说："好啊，机会难得。"

道长没看我的手相，也没问生辰八字，直接就讲："你做律师做不长。"

我心中一惊，酒醒了一半。他又说："你做什么也做不成，唉，每条路都不通啊！"

我估计接下来他就要朝我索取钱财给我改命。但沉默片刻后，他说："你写小说吧，写小说这条路还通着。"

"为什么写小说还通着?"

"因为写小说是方外之事。"道长说完,拿起杯子,将酒一饮而尽。

图书在版编目（CIP）数据

脱缰之马 / 朱岳著. -- 北京：北京联合出版公司，2021.6（2021.12重印）

ISBN 978-7-5596-5160-0

Ⅰ.①脱… Ⅱ.①朱… Ⅲ.①短篇小说—小说集—中国—当代 Ⅳ.①I247.7

中国版本图书馆CIP数据核字(2021)第053542号

脱缰之马

著　　者：朱　岳
选题策划：后浪出版公司
出 品 人：赵红仕
出版统筹：吴兴元
编辑统筹：梅天明
责任编辑：夏应鹏
特约编辑：马国维　陈志炜
营销推广：ONEBOOK
装帧制造：墨白空间·陈威伸

北京联合出版公司出版
（北京市西城区德外大街83号楼9层 100088）
北京天宇万达印刷有限公司　新华书店经销
字数123千字　889毫米×1194毫米　1/32　6.75印张
2021年6月第1版　2021年12月第2次印刷
ISBN 978-7-5596-5160-0
定价：45.00元

后浪出版咨询(北京)有限责任公司　版权所有，侵权必究
投诉信箱：copyright@hinabook.com　fawu@hinabook.com
未经许可，不得以任何方式复制或者抄袭本书部分或全部内容
本书若有印、装质量问题，请与本公司联系调换，电话 010-64072833